스캣

정익진 시집

시인

의

말

때론   과일

때론   풍금

때론   비

때로는   제법 또렷또렷하게

때로는   더 흐리멍덩하게

때론   포도주

때론   여학생

때론   목련

때론   코뿔소

때론   미소

                                    .

                                    .

                                    .

                               언제나 죽음

2부

3부

해설

□ 한 연이 첫 번째 행에서 시작될 때는 〉로 표시합니다.

1부

마지막 장면

화사한 봄날 아침, 청하루 창밖 나무를 바라보며,
새싹이 푸릇푸릇 돋는 짜장면을 주문한다.

아직 잠옷 차림인 종업원이 방을 나와 눈을 비비며
아직 잠든 요리사를 깨운 뒤, 슬리퍼를 질질 끌고 화장실로
들어간다. 창밖에서 피어오르는 물안개.

아침 햇살을 애완견처럼 데리고 들어온 세 명의 여중생,
개나리 짬뽕, 진달래 볶음밥, 목련 잡채밥을 시킨 다음,
책가방에서 노트를 꺼내어 국어생물학, 수리관상학, 영어
기계학 숙제를 한다.

중국집 문이 열리고 아침햇살 마시며
야채 아줌마가 들어선다. 당근 모양의 감자, 양파 맛 오이,
검은색 토마토, 오렌지 맛 대파를 내려놓고
오토바이 소리와 함께 사라진다.

잠시 후, 슈퍼맨 복장을 한 푸줏간 아저씨가 입구와 함께

등장한다.

　커피 맛 돼지고기, 카바레용 닭고기, 눈물 젖은 소고기,

　기타 치는 오리고기를 바닥에 부려놓고,

　봄바람과 함께 퇴장한다.

　학생들이 주문한 음식 아직도 나오지 않았고,

　저녁노을 번져가는 창밖, 겨울 나뭇가지에 피어난

　요리 한 접시.

개 조심

아니요, 꽃 조심!

꽃이 꼬리를 치죠.
꽃을 쓰다듬어봐요. 꽃이 혀를 내밀어 손바닥을 핥아대
지요.

하지만,

꽃도 으르렁 이빨을 드러내고 당신에게
달려들 때가 있겠지요.

꽃의 향기 맡으려 코를 들이대는 순간,
코가 뜯겨 나갑니다.

꽃의 독이 온몸에 퍼져 차츰 머리가 퇴화되고
그 자리에 수북하게 꽃이 피죠.

개 조심,

아니요, 꽃 조심.
꽃이 꼬리를 치죠.

꽃과 꽃 사이에 서서
꼬리를 감추고
미화야, 장미야, 라고 불러보세요.
양쪽 옆구리는 조심하시고요.

철거 지역

…… 저 괴물들이 하늘까지 뜯어내고 있군
눈보라가 휘몰아치고 폭죽처럼 우박이 터지는 날
희생양들과 증거를 남기지 않는 범인들이 몰려와서
집과 집 사이 코르크 마개를 뽑아버리지
코끼리 스무 마리와 하마 열 마리를
순식간에 씹어 삼키고
창문 밖으로 뼈다귀를 뱉어내는 집은
방금 잠이 들었어

아침엔 애틀랜타 노예시장
정오부터는 북경 아편 전쟁터
석양이 질 때면 프놈펜 해골 단지로 변하는 건물들
아직까지 검은 연기가 피어오르고 있어
저 건물은 하나님이 내팽개친 지 300년
집의 안팎에 벌레들로 가득한 집은
정체불명의 희망에 시달리고 있지

구토하는 피아노, 마약을 흡입하는 트럼펫

저 집의 정원엔 왜 아름다운 조각상들밖에 없을까
철조망이나 지뢰밭이 더 어울릴 텐데
가택수색이 몰아치고
이율배반이 밀려오고
육중한 현실에 저항해야만 하는

이곳으로 우주정거장을 옮겨 오면 어떨까
쥐새끼나 구워 먹으며 숨바꼭질 하지 않을래
달과 별과 태양 부스러기 정도는 보관할 수 있어
시간이 없어, 잘 들어봐
저 멀리서 숲이 불타고 절벽이 무너지는 소리가
은은히 들려오지

외식업계

비행기 추락 사고 이후나 이혼한 부부를
위한 식단,
블랙홀을 발견하기 이전과 배아줄기세포의 발명
그 이후라든지,

신기루가 사라지고 난 뒤나
아니면 사자에게 물려 가기 직전의 메뉴

국회도서관 계단을 오르는 돼지들
국회의사당 밖에서는 황소 떼가 몰려오지요

벼락 맞은 원숭이의 머리
올리브유에 볶은 은하수
그리고 독수리의 눈물은 누구를 위한 식단인가요

동해에서 건져 올린 핵폐기물 잔해들이
남북 협상 테이블 위에 올랐습니다

그 외,
예상 밖의 의외를 위한 식단과
지구 밖에서 존재하는 음식들,

전생에 먹었던 혹은 죽음 이후의
메뉴 정도는 개발되어야 하겠지요

거울

지금 대구에서 나를 생각하는
사람을 비춰보면서
지금 파리에서 나를 기억하는
사람을 추억하면서
아직까지 종로에서 나를 찾아 헤매는
그녀를 떠올리며
또 다른 가능성을 확인한다
색다른 서스펜스를 기대한다
거울을 몸속에 지니고 다니면
반사 신경이 날카로워진다
너의 이마에서
굴절되는 나의 심장,
도마뱀 꼬리가 기어간다
매의 한쪽 날개가 날아간다
두더지의 앞발이 땅속을 파고든다
거울을 볼 때마다 구름의
넓이만큼 부풀어가는 나의 얼굴,
풍경 속에서 튀어나온 손 하나

거울 속으로 들어가며
나의 머리를 쓰다듬는다
거울 앞에 서 있다고
모두가 다 거울에 반사되지는
않을 것이다

합창단

그들, 아직 정신이 들지 않았다.

뒤통수로 혓바닥을 토해낸다.
어깨를 실룩이더니 창문을 만들어내고
발을 흔들어 비둘기 떼를 불러 모으기도 한다.

겨드랑이에서 눈동자를 떨어뜨린 사람들
머리를 흔들어 허공을 지우고 있다.

모두들, 영문도 모른 채 그 자리에서 쓰러진다.
그중 몇 사람 겨우 일어난다.
휘파람을 분다. 잠시 후, 쓰러진 사람들의
얼굴이 몰려온다.

후계자들
심사위원들
잠수종 클럽 멤버들,
고소공포증 환자들이 여기로 모여든다.

〉

서로의 어깨 위로 올라타
탑을 쌓기 시작한다.

바다를 건너온 사람들

보이지 않는 사람을 보려고 줄을 선 사람들

스캔들이 난무하고

드문드문 모여 있는 이들 사이를
끼어들기 하는 저 사람들.

또다시 어디로 가야 할지
내 뒤를 따르는 그들과 함께 흩어지는
사람들……

비트겐슈타인

하지 않았던 말과 하지 않을 말, 그것이 비트겐과 슈타인이다.

밤마다 우리 집 근처에서 이유도 없이 서성이며 휘파람을 불던 그가 바로 비트겐,

곧고 강직한 결코 누워서 자지 않았던 사나이, 슈타인

비트, 비트박스, 비트겐슈타인!

향후 일 년간 우리 학과 지도 교수 슈타인과

환경미화원 비트겐에게 많은 관심을 가져야 할 것 같다.

이상기후에 관한 나의 예감은 언제나 적중하고야 만다.

밤새워 연구 논문을 쓰고 수영장 후문을 빠져나오는 슈타인,

타이밍을 놓치지 않고 경마장 셔틀버스를 잽싸게 올라탄다.

들려오는 휘파람 소리, 한편 청소를 마치고 영안실 입구로 들어서는 비트겐,

보라색 양복을 걸친 그의 왼쪽 주머니에

하늘색 장미가 꽂혀 있었다.

비트겐, 미안하다. 그저 휘파람이나 불며 아무런 의미도 없이 살아가는 너에게

영안실을 상속해줄 수 없구나. 다만 네가 홀로 증발하지 않도록, 약속하마.

슈타인, 어떠냐? 아직도 어린 말들과 함께 서서 잠드는지 궁금하구나.

그렇다면 너희들이 결코 할 수 없었던 말과 하지 못할 말들의 의미는?

수박이다. 비트겐과 슈타인으로 쪼개지는, 수박!

넌 언제부터 비트겐슈타인의 말이 되었니.

거인

24면에서 튜링*에 관한 기사를 읽고 난 이후
악어가 한 입 베어 먹은 여자,
하마의 입 안에서 잠을 자는 아이라든지
하는…… 생각을 시작으로

당신의 환희에 대해서는 궁금한 점이
한두 가지가 아니지요
(밀려오는 파도)＋(946)
길이 끝나는 지점에서 뒤돌아보면
저만치 서 있는 379, 또한
(655)－(오렌지)와 같은
……그런 말들을,

56번째 애인과 헤어진 나의 연인은
오늘 그들과 만나 칵테일을 마시며
결혼 상담을 하기로 했단 말이오
할 말을 잊어버린 277, 248을 노려본다
문제는 141에 있는 것이 아니라

그저 41에서 계속 머물고 있다는 것

악몽은 사라지지 않았고
동성애자라지만 그의 천재에 관한 한
그 누구도 부인할 수 없다는 둥
석양의 착각으로 여성의 일종인
34를 그에게 주입하자
유방이 생겨났다는 둥,

결론은 그 스스로 청산가리를
주사한 77을 베어 먹고
자살했다는 사실, 863, 574…… 그러므로
애플사의 로고가 한 입 베어 먹은
사과라는 것

* 컴퓨터의 아버지라 불리는 앨런 튜링. 그가 만든 인류 최초의 컴퓨터, 거인(콜로서스).

푸줏간

언제부터 그렇게 매달려 있었니

매달린 것에 전기톱을 가져다 대면
미친 듯 웃는다
간지럽다고 해야 하나
동안거에 들었다고
부재중 아니면
귀경길에 올랐다고 해야 하나

귀가 뚫려, 코가 뚫려, 누구는 입천장이
뚫려 그렇게
그림자가 생길 때까지

매달려 저절로 벌어져서,
꽃잎 뚝뚝 흘리는
것들의 평화

건물 옥상에서의 투신 이후,

바닥에 닿지 못하고
어쩌다 중간에 걸려 대롱거리는
살덩이의 공포

핸드 프린팅

젖은 시멘트 바닥 위를
물구나무서서 걸어 다니는 사람들

전선과 전선, 파이프와 파이프
손과 손의 커뮤니케이션
아, 여보세요 아아, 잘 들리십니까
아직까지 당신의 귀에 내 손이 잘 붙어 있습니까

무대를 향해 끊임없이 명령을 날리는
연출가와 지휘자의 손

터치 미, 터치 미
그녀의 가슴을 슬그머니 움켜쥐려는 남자의 손
남자의 뺨에 찍힌 여자의 손자국,
가끔 그는 여자의 양 볼을 움켜쥐고 웃는다

내 어깨 위에 여섯 사람의 손이 얹혀 있다

더 이상 기도를 않는 손,
심연으로 가라앉는 손과
기억력이 제거된 손,
비밀을 간직한 그리고
가만히 있으면 불안해하고
차마 하지 못할 말을 저지른 손들

어깨가 더욱더 무거워진다

내 손자국이 찍힌 동전이 바닥났다

등짝 깊이 새겨진 너의 손자국에서
핏물이 돈는다

좌석 배치도

가 열,
지금 빈 의자를 세고 있는 사람들 전에는
이곳에 앉아 있었던 사람들이다
의자에서 떨어져 나간 그들 혹은 매달린 사람들
그리고 다시는 그 자리에 앉을 수 없는
그들이 생각하는 푸른 바다
바다 위 의자에 앉아
푸른색으로 변하지 않는 사람들도 있다

나 열,
밖에서 바람이 멈추는 소리가 들려온다
문을 열고 들어온 사람들
그들은 안달루시아에서 돌아왔다
그곳 투우장에서 가져온
죽은 소의 피 냄새가 후각을 자극한다
그들 사라진 자리에 검 한 자루 떨어져 있다

앰뷸런스 소리가 다 열에서 들려온다

급하게 문이 열리고 의자에 실려 온 사람의 심장엔
방금 내가 던진 검이 꽂혀 있다
나는 의자를 든 사람에게 물었다
"결혼은 했나요"
"물론, 기억할 수 없습니다"
"나에게 추천해줄 서적이 있나요"
"룩셈부르크로 돌아가야 합니다"
"감미로운 밤이었어요" 대답하고
그들은 헬기를 타고 떠났다

라 열,
아래에서 별들이 빛나고
야자수가 무럭무럭 자란다
마 열 위로 테니스공이,
총알과 함께 멋진 포물선을 그리며 떨어진다
바닷물이 흘러 내 머리카락을 적신다

그리고,

명상을 끝내고 바 열에서 일어선 사람들
어디에 앉아 생각을 할까 다시 생각해본다
사 열에 앉아 있는 그들은 아직도
아 열에 앉은 사람을 이해하지 못한다
아침 해가 뜰 때까지 자 열을
떠나지 못한 사람들, 그 자리에 앉아 또 다음
생애를 조용히 기다리고 있다

낙엽

왼쪽을 무시하며 오른쪽으로
떨어지는 귀들
혹은
바람의 왼쪽으로 내려앉는 귀

후, 눈동자의 끝으로 굴러간다

봄, 여름 내내 풍성했던
거짓말들, 물기 많고, 열정이었고, 푸른 것들

비치파라솔 같은 날들의 그런 음악조차
더 이상 듣고 싶지 않아
백만 개의 스피커라도 되고 싶었을까
은하수 가득했던
나의 귀들이여

오전의 탄력으로 펼쳐진 오후

오전 한때 내 머리카락에 불이 났습니다.

차가운 머리로는 뜨거운 생각들이

잘 떠오르지 않습니다.

하나님의 음성을 듣는 행운이 있었죠.

그건 순전히 금붕어 때문이었지요.

오전에 결혼하고

이혼하고 재혼했습니다.

그곳 수족관에 가보세요.

세계적 차원에서 보내 온 축전들이 쌓여 있을 거예요.

결혼하기 전에는 인턴, 레지던트를 거쳐

전문의로 개업했다 폐업하고 다시 개업했습니다.

뭐, 제가 좀 열심히 사는 편이죠.

시인 T는 사막의 중심에서 바다까지 연결된

테이블 위, 상징물로 배치해둔

야채와 육고기에 자신의 시론을 비유했지요.

그가 내 등에 업혀 손가락을 뜯어 먹는 장면이

자꾸 떠올라 기분이 이상했었죠.

시 이론을 영역 중이었어요.

알다시피 난 반역하는 사람이 아니죠.

반역은 보다 오랜 시간이 필요한 작업이죠.

플루토 항공우주국에서 전화가 왔죠.

우주정거장 개막식 참석 여부를 묻더군요.

예, 초청장은 받지 않고 문자는 받았어요.

네, 네, 가겠습니다.

나의 전용 로켓 '달무리호'를 발사,

기념식에 참석하여 주변 행성을 좀 둘러보다

집으로 얼른 돌아왔습니다.

아코디언처럼 압축된 오전의 비명이

터질 것 같습니다.

정오입니다.

오공본드

애완견 '마이더스' 군의 혓바닥이
그녀의 뺨에 붙어 떨어지지 않는다

공원의 비둘기 떼
사람의 얼굴과 목덜미에 그놈의 빨간 발이 붙었다

입술과 입술이 붙어 길을 걸어간다
엉덩이와 엉덩이가
맞붙은 채로 계단을 올라간다
사람들의 발자국들이 마르지 않은 보도블록 위에서,
날아가던 날개들 하늘 속에서,
처음과 끝이 서로 붙어서 떨어지지 않는다

탱탱한 젖가슴과
단단한 복부가 들러붙어
아무리 기다려도 떨어지지 않아

그래 좋아, 우리 영원히

두상

머리가 벽을 생각하며
식탁 아래에서 점점 커지고 있다

모래사장 위에 떨어진 머리 하나
바다를 바라보다 천천히 고개를 돌려
나를 쳐다본다

나?
……
……
……
어디선가 다가오는 열차 소리,

철로 위에 놓여 있던 머리가
천천히 고개를 돌려 이쪽을 쳐다본다

왜?

내가 고개를 돌리자 생각이 멈춘다

텅 빈 머리에 가득한 생각들

달에서 떨어진 머리 하나가
구두를 앞질러 간다

나를 쳐다보던 머리가
천천히 고개를 돌려
볼링 핀을 향해 굴러간다

머리가 좋고 나쁨은 탄력성이 아니라
흡수력의 문제이다

내가 뒤돌아보는 사이
나의 머리 위에서 뒤돌아보는 나의 머리

캠프파이어

겨울 창가에서 떨어져 나온 언 손을 만지작거린다.
숲 속으로 멀어져가는 손길,
뒷골목을 돌아서 나온 손과 손을 맞잡고
해변에 떨어진 손들을 주우러 간다.

손을 향하여 손을 뻗으면 손은 사라진다.
누구의 것도 아닌,
아무런 기능도 없는,
달빛에 반사되지 않고 손금도 보이지 않는 손들

누군가의 목을 조르던 손이 내 손 안에서 웅크린다.
방화범의 손이 내 손에서 떨고 있다.
물고기와 헤엄을 치던
기린의 목을 쓰다듬었던 손이,
친구 엄마의 젖가슴을 만졌던
아내의 따귀를 때렸던
내 남자의 지갑을 훔쳤던
손이 내 손에서 쓰러져 있다.

길가에 떨어진 손들을 주워 쌓아 올린다.

기름을 붓고 성냥을 긋는다.

내 손에서 손들이 빠져나온다.

모두들 모여 불을 쬔다.

손뼉을 치며 타오르는 손들

여행가방

여행길에서 의자와 창문은 필독서이다

．

．

．

왼쪽 허공에 떠 있는 의자 다리에
발바닥은 닿았지만
왼팔이 닿지 않아 불편했다
공기 속의 금가루만 마시고 자라난 의자는
압도적인 규모를 과시하고 있다
결국 가방 속에 의자를 챙겨 넣지 못했다
멀리서 지저귀는 창문 쪽으로 다가간다
창문에는 깃털 하나
남아 있지 않았다
날 수 없는 창문은 가난해 보였다
가방 속에 넣을 수도 없었다
의자와 창문이 없는 여행
떠나기가 어렵겠다

청춘

내가 추억을 떠올리는 가장 익숙한 방식은

빵집의, 벽시계의, 초등학교의, 강아지의 이름이

아니라 배우들의 이름이다

즈느비에브 뷔졸드

그녀였다

서점에서 최신 영화 잡지⋯⋯M을 뒤적이다

40년가량 잊고 있었던 그녀를 0.01초 만에 알아보았다

나와는 아무런 상관도 없는 그녀가⋯⋯얼마나 반가웠던지

아직 살아 있어 고맙다고 말할 뻔했다

〈천일의 앤〉에서 앤 불린을 연기했던 그녀⋯⋯

머리와⋯⋯얼굴이 유난히 작고 예뻐서 영원히 늙지 않

을 거 같았는데

할머니 같은 소녀가 되었다, 즈느비에브 뷔졸드(42년생)

샤를로트 갱스부르(71년생) 만큼이나 아름다운 이름이다

美는 기억의 가치를 한층 높여준다

사르트르도 한때 프랑스였겠지만

줄리 크리스티(41년생)도 엄청 늙었고

장 루이 트래티냥도 엄청 할아버지가 되었다

엘리자베스 테일러(32년생), 데버러 커…… 이들은

이미…… 고인이 되었고…… 리 마빈, 막시밀리안 셸도

죽었고

말론 브란도(24년생)도 죽었다

그녀들과 비슷한 연배인 27년생이신 나의 아버지

정종옥 씨께서는 잉그리드 버그먼을 좋아했고

33년생이신 나의 어머니 배소란 여사는

대머리에다 카리스마 넘치는 눈매의 배우,

율 브리너를 무척 좋아하셨다

이빨은 빠지고 허리도 아프시지만

두 분 다 밥 잘 드시고, 잘 계신다

두터운, 툭 까진

사라 장, 반가워요 귀국 연주회는 잘 되어가나요

당신의 두터운 입술과 졸리嬢의 툭 까진 입술을

토마토라고 생각했어요, 터져버린…… 오우, 마이, 갓,

사라 장, 안젤리나 졸리嬢과는 초면이신가요

만난 기념으로 키스 한번 하시죠

저는 호흡이 짧아서요 툭 까진 졸리嬢 당신의

입술에 대고 밤새도록 호흡하고 싶군요

역시, 입술 관리에 신경을 쓰는군요

남자의 이마에 입 맞추어요 달콤한 인생이 시작되겠죠

사라 장, 버스 옆구리에 붙어 있는

당신의 립스틱 광고는 보셨나요

한 달에 립스틱은 몇 개나, 무슨 색깔을 선호하시나요

졸리嬢, 당신의 아이스크림 옥외광고는 봤나요

아이스크림과 당신의 입술은 잘 어울리죠,

영화 속에서 인간의 권리와 모자의 권력을

낭독하는 당신의 툭 까진 입술이 고귀해 보였어요

당신처럼 예쁘게 툭 까지려면 얼마나 드나요

사라 장, 당신의 두툼한 입술로 만든 소파 위에 누워

당신 입술 모양 쿠션을 베고 잠들고 싶어요
졸리孃, 사라 장의 콜로세움 연주회에 같이 가요
당신 입술이 가끔은 불편해 보이기는 해요
툭 까진 입술이 얼굴 전체를
뒤집어씌울까 봐 걱정되네요, 오우, 조심하세요
입술이 없어 말 못하는 여자들에 관한 기사 보셨나요
꽃며느리밥풀, 버들피리나 이슬 머금은 여자들보다
배짱 두툼하고 심정 툭 터진
여자들이 짱이에요, 오우 유아 쏘우 섹쉬,
정말 충격적인 입술이네요

Q&A

어둠이 기억을 잃어버린 동안,

잠든 나를 아무리 깨워도 깨어나지 않았지만
내가 묻는 말에 잠든 우리는 이상하게 꼬박꼬박 대꾸한다.

"발자국" 하고 물으면 "나뭇가지에서 떨어지는 눈송이들"
"언덕길" 하면 "롤러코스터에서 태어난 아기"
"물고기 떼"라고 물으면 "노을의 모자"
"트롬본" 하면 "빛나는 그림자들"이라고 고민한다.

그 사이 파리에서 모스크바로 달려가는
말발굽 소리에 깨어난, 나는 다시
우리가 묻는 말에 꼬박꼬박 숫자를 설계한다.

"100" 하면, "기억 속에 5를 넣으려다 뺐어요,
어디서 뺐는지 기억나지 않지만
사과 상자 속을 3으로 가득 채웠죠.
모두 합해 153점이었어요, 합격할 수 있을까요"라고

길게 대답하며 오히려 내가 우리에게 결정한다.

예, "손가락을 꺾어"입니다. 글쎄요, 예, 아니오, "돌아오지
않는 부메랑"입니다.
금붕어가 꼬리지느러미를 흔들면
커튼이 펄럭이죠.

"믿습니까"라는 물음에
"선풍기는 독수리로 둔갑해 날아가지요, 결국
나는 엄마에게 돌아와 젖꼭지를 깨물게 되는 거죠"라며
우리는 나에게 명령을 마무리했다.

서론, 본론 그리고 평행봉

팅, 탱, 경쾌하게 오가는 셔틀콕 소리에
겨드랑이 속 접어두었던 날개가 움찔한다.

끼리끼리 한 조를 이루어 팝콘처럼 튀어 오른다.
팅, 탱……어, 어라, 이 친구,
그것도 하나 못 받아쳐. 물 좋은 시절 다 지나갔군.

그러니까 본론은 피부를 탱탱하게 하고
생활에 탄력을 준단 말이지.
팅탱, 팅탱, 사랑 주고, 눈물도 주고……이봐, 그렇다고
너무 쉽게 튕겨나서는 안 돼.

누군가와 이별을 할 때까지 훌라후프를 돌려보는 거야.
자, 돌려봐. 더 세게, 그렇지 계속해서, 힘내, 더, 더,
봐, 헬리콥터처럼 떠오르잖아.
너도 가끔씩은 뜨고 싶을 때가 있잖아.

결론은 평행봉이야. 겨드랑이 속으로 오그라드는

두 날개를 펼쳐봐. 우선 멱살을 잡고 보는 거야.

힘들겠지만 해보는 거야. 힘들지 않으면 그게

사는 거야? 하나둘, 하나둘, 두 다리를 힘차게 들어 올려.

중심을 잡고 세상과 수평을 유지하는 거야.

마음 뿌듯해지는군.

우, 이 근육 좀 봐. 탱탱하지.

스캣*

비비딥 디들라, 비비딥디들라

히비히비 지비즈, 비비딥디들라비비딥디들라……

응,…… 잘 지냈어? 그러니까 어떠한 바탕색도 어떤 맨드
라미도

어떠한 사다리도 없이 그저 푸르랑푸르랑 날아보겠다는
말이야

그래, 맞아, 의식의 흐름 기법처럼 관능적이고

여유롭다는 거지, 좀 더 들어봐……

(편안하게) 메를르로퐁 티티새야 티티카카호수야 퐁주는 주스
마시고

피아노, 피아노시모 그래서 말랗다아르메르치, 벨리사리오는 불
사르지오

방금 아파트 관리 기사가 초인종을 고치고 갔어

수리비 이만 오천 원이래 삼만 원 줬어

〉

…… 벽에 기대선 기타가 있고

왼쪽 창의 커튼 사이로 길 건너편 종합병원이 보여

빌라 사보아였을까, 성가족 성당의 일부일까

침묵으로 세워진 오백 층짜리 건물이었을까, 그 속을 상
상하게 돼

티브이에서 나는 말소리, 타이어의 마찰음이 들려오고

화분을 덮고 있던 머리카락이, **비비딥**

안개 속의 밤들이 목구멍 속으로, **디들라**

귓구멍 속으로 막 사라지려는 뱀의 꼬리가, **와르와르 루파빠**

뭐, 이런 식이야

알레그로 마 논 탄토 (1분 동안 숨 쉬지 않고)

**어쩌다 제 머리에 자라던 뱀의 길이를 줄자로 재다 졸도해버린
그 남자 귀가 간지러워 다시 깨어나 보니 제 머리의 뱀들이 취리리
취리리 그 남자를 주시하다 방향을 틀어 동네 놀이터로 내려가니 나
도 뒤를 따라 놀이터 미끄럼틀을 타고 내려왔는데 왜 내가 뱀의 꼬**

리를 잡고 대롱대롱 허공에 매달려 있는지요

지쳐 쓰러져 있는 너를 일으켜 세워
꼭 끌어안고 춤추려 하지만,
몸을 가누지 못하고 자꾸만 흘러내리지

골반과 골반이 함께 튀는군, **튄다, 튀어, 튀튜튀튜 튀밥
밥**……
날 더 튀겨 줘, 날 먹어 줘, 날, 날로 먹어,
한 번만 더 **오우 오우달링 슈슈롭디들라**

또 누군가의……
미쳐가는…… 관자놀이를 관통하는…… 비명,
늙은 아랍여인들의 혓바닥 굴리는 소리, **와할랴하르르랴랴
랴랄**

태양 밖으로 시커먼 것이 툭, 떨어졌을 때
까닭 없이 찾아온 슬픔, 북받쳐 오르는 울음……

＞

이젠 각자 다른 이름을 부르며 잠에서 깨어나고
앞서 간 친구들의 햇살도 기억나지 않아요
달빛이 벽 속으로 스며들자
벽 속에서 걸어 나오는 사람들

부엉이보다 반딧불이를……
쌀 한 톨이…… **퇴튜퇴튜 디를라**
비누 대신에 아이스크림으로…… **슈바뚜뚜 슈바튜**
그런 것들,

지도에 그려진 불안, 광기, 공포, 그리고
지도에서 들려오는 폭발음……

(불편하게) 마다가스카르완다다앙골골라케냐냐짐바브브웨
개들의 입이 피로 젖고
검은 새들이 떠돈다, 집과 나무가 타는
소리가 폐허에 가득하다

〉

한바탕 정적이 지나가고
정신분열과 핵분열동시다발로터터터져버려
체체르노빌라헤르체체코비나비나세르비비

날개 속에 뿔이 자라고
계단 밖에서도 파도가 밀려오는 소리……
솨솨분데스리가프리메라가레이디가가

(마음 편히) 꼬리파란뱀발을헛디디고파파파롤쉬쉬르쉬르소쉬르
랑그파파파랑파파랑빠빠롤링끊임없이미끄러지고,

바람 부는 쪽으로 해바라기 씨를 담아
수천 통의 편지를 부쳤지만 되돌아오지 않는 목소리,
겨드랑이와 등 뒤로 돋아난 지느러미를 펄럭이며,
적요의 바다 위를 유영할지니
해변으로 끊임없이 밀려오는 태양과 달
바람의 시체들이여

〉

쉬쉬쉬괜찮아쉬쉬 브와브와브와예 오키프 깊이

더 깊이 안아줘, 사랑해······사랑해 **푸르스름한 푸르디시린**

그리하여 피의 그림자란 것이

저 산정 위에 펼쳐진 **불그스레붉디 푸른노을이었음을**······

아프라 바툴라 에밍풋

프리푸르샤 르파랑 부블라푸부와 에클라뷔아······

* 재즈 보컬리스트가 가사 대신에 뜻 없는 말로 즉흥적으로 프레이즈를 만들면서 부르는 창법. 그
들의 목소리를 활용하여 악기와 맞먹는 소리를 낼 수 있다.

2부

도마뱀

아브라함은 이삭을 낳고 이삭은 야곱을 낳고
한 토막은 변기의 극장 속으로…… 한 토막은 지붕 위의
날개 위에서
또 다른 한 토막은 내 새끼손가락에서
꼼지락거린다, 꼼질꼼질
실내악 연주가 끝나자 모두가 입을 다물었다

흩어져버린 발자국들과 함께
앞뒤가 토막나버린 구절들;

……피아노를 메고……
……향수도 없이……
……접시 위에 떨어진 그 여자의……
……꼬리를……쓰러져……
……더욱 독해진……
……불타는 안경이……
……폭설이었다……
……우산이 먹어버린……

……곤충에 매달려……
……물속으로……에서……

나머지 구절은 다 죽거나 우물에 빠지거나,
발가락에서 다시 꿈틀거린다

변기 속에서 두 개의 머리가 떠오른다
침대 위에서 몸통이 지그재그 기어 다니고
내 혓바닥에서 깃발을 흔들어대는 꼬리

한 토막은 절망에 두고
한 토막은 남부민동에서…… 또 다른
한 토막은 습관처럼…… 돌고, 돌아

아미타는 관세음을 낳고 관세음은 석가를 낳고
석가는…… 지장을 낳고…… 낳고

찰리 브라운, 왈왈

헤이 스누피, 오늘은 뗏목형 튜브 위에 벌러덩 누워 있네
양팔을 한껏 벌리고 수평선을 향해 노를 저어가는구나

넌, 행복이란 먹는 즐거움, 편안한 내리막길 그리고
윤활유가 듬뿍 묻은 베어링이랬지

행복이란 숲 속 호텔 7층 창밖으로 머리를 내밀고
에메랄드 빛 호수를 내려다보는 그런 건가
아니면 터널과 연결된 복도를 걸어가다 복도 밖으로
지나가는 노숙자의 여왕에게 손을 흔드는 그런 건가

당신이 막돼먹은 의사라면 나를 치유할 수도 있겠지요
스누피 주사라도 맞아볼까요?
그러면 나도 두 다리 쭉 뻗고
혓바닥 축 늘어뜨리고 저세상을 향해
노를 저어갈 수 있지 않을까요, 그냥 제안해보는 거예요

내 심장을 상어의 배 속에 보관해두고 다닐 수는 없을까요

조마조마하고 불안해서 견딜 수가 없어요
헤이, 스누피

도대체 넌 갑자기 없다가도 왜 달려가는 거야
도대체 넌 갑자기 거기 있다가도 왜 불쌍해지는 거야
참새 굽는 냄새가 나는군

오우, 자꾸 내 콧구멍이 넓어지고 있어,
흥겨워진다는 뜻이야

그렇지, 아는 개들과 모르는 사람들을 불러 모아
꽁치 통조림 내기…… 눈싸움해볼까?
콧물이 흐르고 눈물도 글썽글썽
넌 착한 개니까 가끔씩은 말이야
나의 콧물과 눈물을 거두어줄 수 있겠니?

아이 간지러워! 저리 가
그래서 행복이란,

구름 둥둥

사람들이 서서히 몰려왔다
모형 비행기 하나씩 받아 들고 천천히 멀어져간다.

자전거들이 바닥에 널브러져 있고
유리 인형들이 흩어져 있다.
책장들이 나풀거리고
수천 개의 코끼리 풍선이 창문 밖으로 빠져나간다.

강 건너 풀밭 위에서는
어깨가 울고, 양 떼가 잠잔다.
무릎이 웃고, 양 떼가 풀을 뜯는다.
사자가 달려간다. 양 떼가 도망친다.

한 마리도 남기지 않고 삼켜버린 사자의 아가리가
아, 아, 아, 점점 더 벌어지더니
이리저리 흩어져버린다.

이탈리아 장화를 신는다. 고래가 들어 있는 가방을 메고

천국으로 가는 잠수함을 탄다.

룰라라, 발랄한 침묵과
명랑한 깊이를 노래하며 울타리를 지워나간다.

둥, 둥

사건은 일어나지 않았다. 하지만……

혹, 세상이 뒤집혀도 난 떨어지지 않는다.

커다란 함성이 서쪽으로 이동 중이다.

점점 부풀어가는 거대한 침대와
거울 표면에 듬뿍, 듬뿍 뿌려놓은 면도거품
나뭇가지마다 피어오른 솜사탕들이여.

바람이 분다. 채널을 돌린다.

음악처럼 친숙하게 다가온 그들의 손길,

외롭지 않았다.
잠망경을 올리고
그들은 약간의 미련을 두고 발걸음을 옮긴다.
소실점을 향하여 빨려 들어가는 마차들.

나침반의 뚜껑을 연다.

낙타들이 저 멀리서
느릿느릿 물속의 걸음걸이로 다가온다.

둥, 둥

추억을 떠올린다는 것은 정말 성가신 일이다. 언제부터
인가

유리잔을 쥐고 흔들 때마다 느낀다. 그녀의 머리카락이

내 목에 휘감기는 것을

후, 후, 연막을 쳤고
체온도 남기지 않고,
아픔도 없이 이별하는 장면을 연출하며,

수정된 문장

'무거운 비'를 '휘어지지 않는 물'로 수정하였지만
인연이 없었던 것은 휘지 않는 물의 흐름 쪽으로는
사람들이 다가설 수 없었기 때문이다

'다섯 개의 달'과 '두 개의 바위'를 더 추가하였다
수족관 안은 훨씬 밝아졌고 단단해졌다
물고기의 말수가 줄어들었고 그 안은 아름다웠다
하지만 바다 밑으로 점점 가라앉았기에
'열 개의 비행선'을 넣어 수족관의 위치를 끌어 올렸다

자살하는 장면이 자주 떠오른 것은
'빨강'을 지우고 '보라'로 써넣었을 때였다
결국은 집을 나가게 되었다 얼굴도 보라색으로 변했다
파랑을 넣어서 회복 중이다

두 개 강 이름을 덧붙였더니 강물이 넘쳐흐른다
별이 떨어지고 돌고래가 튀어 오른다

〉

온몸에 열이 나고 식은땀이 멈추질 않는다
하여 '악어 같은 우산'으로 수정하였다
석 달간 흐린 날이 계속되었다
아무리 균형을 맞추려 해도 혈색은 좋아지지 않는다

뱉어버린 말과 깨진 계란은 수정 불가능하다

어항에 물을 빼고 물고기 한 마리 넣는다

다시, 집으로 돌아가 어항에 물을 채우고
물고기 몇 마리 더 넣어둔다, 로 수정하였다
모두 살아서 움직인다

염소 흉내를 내다

염소가 익사하는 흉내를 내어볼게. 두 주먹을 머리 위에 얹고 다리를 바동거리며, 수평선보다 더 평등한 표정을 짓는 거야. 엄마야, 누나야 하고 소리치며 발버둥 쳐야 하는 거야. 화창한 날씨일수록 염소가 돼지의 털을 뜯기가 힘들어. 흐린 날은 습기 때문인지 염소가 염소답지가 않아.

이런 날은 염소 흉내 내기가 싫어. 낭만적인 염소 한 마리가 목매달았단 말을 들었겠지. 그때 내가 옆에 있었거든. 그 염소가 목매달고 죽어가는 흉내를 내기 위해 내가 얼마나 힘들었는지. 성대가 파열되어 염소 합창단에서 쫓겨날 뻔했지.

고색창연한 반면 악마가 울부짖는 듯한 합창단 분위기가 상황을 잘 말해주고 있지. 쫓겨난 염소처럼 닭 털을 뜯어 먹지 않으려 얼마나 노력했는지 몰라. 주위의 들판에는 그야말로 닭 털밖에 없었지. 닭 털은 재수가 없어.

인형이 집단 구타당하는 상황을 흉내 내는 염소 한 마리가 있었어. 흉내 내어볼게. 우선 지금 서 있는 자세에서 그대로 뒤로 쓰러져 가만히 누워 있는 거야. 노란 두 눈동자를 인형처럼 허공에 고정시키고 두 팔을 염소의 앞다리처럼 두 다리를 염소의 뒷다리처럼 해서 죽어가는 벌레처럼 버둥거리다 조용해지는 거야.

누구도 알아주지 않지만 사람들이 그만할 때까지 미친 척하고 끝까지 버티는 거야.

왜 모두들 가만히 있는 거야, 나는 염소야, 염소의 상황이란 말이야. 음매에, 엄마아!

사과의 기분

아침에 일어나서 유리컵에 든 차가운 우유 한 모금 마시고
냉장고에서 꺼낸 사과 한 입을 베어 먹습니다.
혹, 이 맛을 아시는지요?

행복처럼 느닷없이 찾아온 이런 사과의
기분을 유지하기 위해, 애인을 만나 빵집에서 점심을 먹고
과일 도매 상가로 사과 한 상자를 사러 갈 것입니다.

사과 향기에 어울리게 비라도 내렸으면 좋겠는데
비가 오지 않아도 뭐, 상관없어요.

사각, 사각, 사각, 이런 사과의 기분을 유지하기 위해
사과나무 농장의 여인에게서
사과 따는 방법을 배우던 그의 모습을 떠올려봅니다.
그들의 애틋한 애플 스토리.

하지만, 인생은 사과 맛처럼 혹은 사과의 기분처럼 항상
달콤할 수는 없다는 것, 아니, 아니, 당연히

생의 태반을 썩은 사과를 씹어 삼키는,
삼켜야만 하는…… 그런…… 썩을 맛이겠죠.

사과나무에서 바로 따낸 사과를
옷소매에 슥슥 문질러 한 입 베어 먹죠.

입 안에서 폭발하는 사과, 사과의 즙이 입가로 흘러내리
지요.
언제 날아왔는지 벌들, 나비들이
내 얼굴 주위를 맴돌고 있었죠. 어차피 오늘은

이런 사과의 기분을 유지하기 위해…… 근처 바닷가로 가서
사과를 씹으며 부서지는 파도를 바라봐야겠죠.

나는 커서,

나는 커서 외국인이 될 것입니다.
내국인의 취향에 맞춰 커간다는 것은 거의 불가능하죠.
표정이 미숙할 뿐만 아니라
그들의 성장 속도를 따를 수가 없기 때문이죠.

파란색에 열을 가하면 하늘이 되고
돌멩이에게도 자꾸 말을 걸면
머리카락이 자란다죠. 내국인들의
호수는 그리 깊지가 않아서요.

동네 약국 아저씨가…… 넌 커서 뭐가 되고 싶니?
저는 고개만 가로저을 뿐 말은 하지 않았지요.
그저 사람들의 입에서 터지는 말풍선을
진지하게 바라만 보았지요.

어둠과 어리석은 불순물을 섞어 만든 비빔밥…… 질렸어요.

내국인의 의자 위에선 키가 자랄 수도 없었어요.

의자에서 떨어져 깨어나 보니 절벽 아래였지요.

장대높이뛰기를 배워야 할까요.

자라거북이라도 키워볼까요.

⋯⋯나팔꽃이⋯⋯

　　　고래가⋯⋯

　　　파도가 되고 싶어요.

아니요. 외계인이 될 겁니다.

은하수 부스러기⋯⋯ 달빛 조각들⋯⋯

뭐, 그런 것들이 먹고 싶어요.

우주가 될 거예요.

가출

파도 소리가 들려온다.
바다가 언제 학원 근처로
이동했는지 알 수 없다.
집으로 가야겠는데 행글라이더
아니면 잠수함을 타고 가야 할지
결정하지 못했다.
어쩔 수 없이 사다리를 타고
학원 지붕 위로 오른다.
면도한 얼굴로 다시 학원으로 오는
선생님을 거기에서 만났다.
열쇠와 같은 그의 표정을 보고
그의 집 지하실에 인질이
갇혀 있다는 것을 알아챘지만
난 모른 척했다
지중해가 언제 학원 뒤편으로
옮겨왔는지 역시 알 수 없다.
집으로 서둘러 가야겠다.
숙제 외에 할 일이 무엇이 있을까.

어제는 영화관에서 숙제를 했다.

영화의 제목은 모스크바였다.

아까부터 내가 꼭 쥐고 있는 것이

무엇인지 매우 궁금했다.

손을 펴보았다. 내가 기억할 수

없는 나의 목소리가 들려왔다.

전갈자리로 향하는 시곗바늘.

학원에서 배운 유빙의 속도 계산과

동식물의 구토 치료법이 문득 떠오른다.

지붕을 힘껏 저어 가야 한다.

어딘가에 집은 보호색을 띤 채로

숨 쉬고 있을 것이다.

메두사

탁자 위에 놓여 있는 녹색의 사과 한 알
똬리 튼 뱀인 줄 모르고
입으로 가져갔다

바닥에 떨어진 그놈, 어항 쪽으로 기어간다

방문 손잡이를 쥐고 있는 내 손가락도 뱀이다
이 손으로 금붕어 물 갈아주고, 상처 난 곳에 연고를 찍어
바르고
피아노 앞에 앉아, 머리를 흔들며
건반을 두드린다

지난밤, 꿈속
숲 속에서 흔들리던
나무들 모두 뱀이었다

자기들끼리 엉겨 붙은 나무들
알을 낳기 시작했다

〉

미주……알
고주……알

알들이 바닥에 굴러다니고
충혈된 몇 개의 알들이 터진다
눈을 떠보니

머리맡에 한 무더기의 뱀들이 놓여 있다
그중 한 놈의 모가지 움켜쥔다

뱀의 주둥아리에 잉크를 찍는다
노트를 펼치고 지난밤 꿈 얘기를 적는다

꿈으로 쓴 문장들이 꿈틀댄다
내 머리카락이 꿈틀거린다

나의 헤어스타일이다

약속

약속 시간 33분 전이다.
해변을 거닐다 잠시 멈춰 수평선을 바라본다.
때마침 갈매기 한 마리,

내가 입 속에 넣으려던 껌을 낚아채 날아간다.
갈매기의 껌 씹는 모습이 야비해 보인다.
어이가 없어 픽, 웃음이 나온다. 갈매기도 따라 웃는다.

약속 시간까지는 44분 남았다.

한동안 망설이다 해변의 끝자락에서 끝자락까지
온종일 왔다 갔다 하며 공허만 씹었다.

약속 장소인 카페에 들어와 자리를 잡는다.
약속 시간 66분 전이다.
구석진 테이블에 앉아 한동안 벽시계를 바라본다.

벽시계는 담배를 피우며 웃고 있다.

그의 입가에서 해변의 모래가 흘러내린다.

약속시간 99분 전이다.

북 카페

꽂혀 있는 책들이 모두 모여
온전히 한 권의 책이 될 때까지 기다려야 한다
책 속으로 머리를 담근다

느릿한 음악이 가늘게 이어지고
식물원과 같은 고요 속에서 간간이 들려오는
발자국 소리, 커피 잔 달그락하는 소리

그리고 먼지 한 톨을 오랫동안 응시하는 시선의
힘으로 생각을 넘긴다

책 밖으로 천천히 지느러미를 저으며
지나가는 물고기들,
여기는 가라앉는 중이다

가라앉는다, 가라앉는다
바닥에 닿으려고 허우적대는 발들

＞

간혹, 저쪽 테이블에서 말소리가 들려온다
천문학과 건축에 관한 용어들이다

책과 책들의 상호연관성 혹은 적대관계를
생각한다 천장에 붙어 있는
다리들이 허우적대고 있다

책 속에서 머리를 뺀다

달콤함과 로맨틱을 제거한 빵

빵을 뜯어 먹는다.
식빵에서 달콤한 상념들이 피어오른다.
아무래도 빵이 모자란다.
우산을 펴들고 빵집에 빵을
사러 간다. 아, 나의 로맨틱한 발상

벽난로 빵이나 피카소 빵,
리듬체조 빵에서 피어나는 빵 냄새,
리듬을 타고 전철에 앉아 문자를
지우는 그녀의 후각을 자극하고
방금 달착지근한 키스를 나누고 헤어진
연인들에게로, 얼마쯤 명랑한 대화가
오가는 애완견 미용실로 흘러든다.

…… 그해 겨울이었다.
나뭇가지에는 빵들이 익어
주렁주렁 매달려 있었고
눈 오는 그날 저녁,

불빛 감미로운 광복동 거리
그곳의 빵집들, 화양연화 바게트
연금술사 베이커리
그리고 그들 맞은편, 파리 바게트에서
빵 봉지 하나씩을 들고 나오는 사람들

그러나 하필이면, 그때, 딱,
불현듯 生의 달콤함과 로맨틱이
제거되는 순간이었다.

저울의 시간

도무지 믿을 수 없는 아름다움과
성형수술을 하다 남은 살덩이가
오른손과 왼손 위에 놓여 있는 동안

낯선 곳에서 길을 물어보면, 머리를 갸우뚱거리며
저울 같은 표정을 짓는 사람들

무엇을 저울질할까

군함과 굴참나무 숲을

한쪽엔 비 내리는 포구, 한쪽에는 킬리만자로를

꽃다발과 공중전화 부스를

방금 사람들 속에서 빠져나온 그는
저울의 집으로 향한다

〉

또한, 동물원과 식물원을

그리고 낮과 밤을,
올려놓을 수 있는 저 수많은 저울들

수평을 유지한다는 것, 그게 제일 어려웠다
저울질을 하며, 당하며…… 무덤 쪽으로
기울어지는 시간

훌라후프 생각

검은 타이즈 차림에
훌라후프 돌리는 저 아가씨

어느새, 핑그르르
훌라후프를 남겨놓고 그녀는
비 내리는 창문 밖으로 달려갑니다

훌라후프 돌리며 옥상 위에서
뛰어내린다면, 날아갈 수도 있지 않을까요

한꺼번에 스무 개가 돌아가는 훌라후프,
꼭 헬리콥터 같았지요

보세요, 봐요, 츄파춥스를 빨며
훌라후프 해봐요

츄파춥, 훌라훕, 츄파춥……

〉

누군가가 남기고 간 훌라후프를 돌리면서
왠지, 쓸쓸해지네요
이런 줄거리가 왜, 일본 영화와 어울릴까요?

앵그르의 화폭 속에 그려진
풍만한 여성의 육체와 겹쳐지면서
눈앞에 어른거리는 엉덩이 지느러미

훌라후프 시곗바늘이여
제 꼬리 씹어 삼키며 빙빙 도는
뱀들이여

구름 과자

월요일의 구름
수요일에 관한 구름이거나
액자 속에서 슬그머니 빠져나와
그래서 점점 목요일을 닮아가는 구름
금요일에 떠나서
토요일에 만나기로 한 구름은 약속을 어겼다
(실례지만 우리가 언제 약속한 적 있나요?)

양말을 갈아 신을 때마다 모습을 바꾸는 구름,
일요일 구름같이 못생긴 구름을 본 적이 있는가요
다행히 우리는 우리를 알아보지 못한다

옥상 물탱크 옆에 서서 구름을 바라본다
오늘의 구름 속에는 다행히 무기는 없었다
구름을 바라보며 하는 양치질, 상쾌해
점심을 먹을 때도 구름은 식당 한쪽 구석에서
세수하는 하마 표정을 하고 있어
R마트…… 카트를 끌고 아내의 뒤를 졸졸 따라다니는데

아내의 엉덩이에 붙어 있는 분홍색 구름 귀여웠어

부둣가 주변을 떠돌다
뱃고동 울릴 무렵 신기루처럼
사라져버리는 구름들
휠체어 대신 구름을 타고 다니는 사람들
골목길을 나와, 무심코 뒤를 돌아봤을 때
눈동자만 남겨놓고 급히 떠나버린 그들을 생각한다

요트와 같은 기분이 들 때까지

밤거리 대형 가구 매장 앞 도로를 지나는 오토바이의 굉음,
달의 건달들과 어울리는 십자가 목걸이, 재즈, 아로마 향
기……

버스 맨 뒷좌석에 앉아
옆자리 여고생 누나의 복숭아를 허락도 없이 주물렀던
그때……를 생각하며 얼굴을 붉힌다.

맥주잔을 들어라, 요트는 출발했는가.
기나긴 입맞춤을 끝내고 나의 뺨을 후려쳤던
그녀의 손맛,

미치기로 결심했는가.
왜 이 바닥은 아직도 출렁이질 않는가.
창조할 수 없다는 그 무시무시한 공포,

국세청에서 풍향계 압류 통지서가 날아왔다.
마침내 세찬 바람이 불어온다.

불타는 숲, 절벽에서 떨어지는 짐승들, 파멸이다.
피 묻은 손으로 지휘봉을 쥐고 온몸을 떨며
선율을 뽑아내는 그 노인을 흉내 내어본다.
요트와 같은 기분이 드는가.

방이 흔들리고 꽃병과 커피 잔이 탁자에서 떨어진다.
눈을 감지마라. 그녀에게 내 몸을 고백해야 한다.
이 편지는 배 속의 태아와 새들 그리고
물고기들과 함께 읽을 수 있다.
가자, 돛을 펼쳐라.
신대륙이다.

천국으로 가는 계단*

너는
계단이란 말밖에 기억하지 못했다

계단과 계단을 이어주던 말들은
어디서 끊겨버렸나

칠판을 지우고 다시 올려다본다
계단이 계단 위로 기어오른다

달이 토해내는 계단을 보았던 기억
다리를 다쳤던 곳은 구백구십구 번째
계단 위에서였다
지금도 절뚝거린다

물속으로 걸어간 계단을 생각하며,
슬퍼진다고 말할 뻔했다

계단을 덮고 잠들 시각이다

〉

계단이 없는 그림들은
안정감이 들지 않았다

열기구처럼 떠오르는 계단
계단 끝에서 떨어지는 계단들,

계단의 맨 위, 햇볕에 시달린
곤충 껍질처럼 나는
바삭거린다

* 레드 제플린의 노래 제목.

하, 허리가 없다

늦은 밤, 집엘 도착하니 하, 허리가 없다.
방금 타고 온 택시에 두고 내렸을까?
주워갔더라도 전당포에 잡히기 쉽진 않을 텐데.[*]

머리를 집에 두고
외출한 적도 한두 번이 아니다.
일주일 전에도 허리를 찾으러 지나온 길을 되돌아갔다.

공원 입구에서 공원 안쪽으로 늘어선 나무들,
그중 덩치가 큰 은행나무 허리께에 내 허리가
박혀 있었다. 119 구조대를 불러 난리를 피웠다.
거짓말 탐지기까지 동원되어
겨우 찾을 수 있었다.

천둥 번개 치는 밤, 내 허리가 연기처럼 빠져나와
바닷속으로 가라앉는 꿈을 꾸었다.

헬스장엘 갔다. '훌라후프의 요정'이라

불리는 그녀, 하, 허리가 없어 상체와
하체가 분리된 채로 울고 있었다.

새로운 소문들이 안개처럼 퍼져갈 무렵,
하나, 둘, 셋…… 허리 없는
사람들의 도시가 될 것이다.[**]

허리가 없어 기억할 수 없는 사람
하, 허리가 없어 낮잠을 잘 수 없는 사람
하, 허리가 없어[***] 다리로 말하는 사람들

[*]   며칠 후, 우편함으로 내 허리가 배달되어 왔다. 허리띠는 없었다.
[**]   주제 사라마구의 소설, 『눈먼 자들의 도시』 변용.
[***] 김수영 시인의 어투를 흉내 냄.

사과 고르기

수면 위로 사과 한 알 떠오른다

수면 아래, 그 맨 밑바닥
사과나무 한 그루, 뿌리내리고 있었나
아주 쓸데없는 소문이었을까

물살에 휩쓸려 온 사과 한 알
버스나 전철을 기다리고 있는
사람들의 머리 위로,
촛불을 켜고 기도를 드리는 사람들 사이로 둥둥 떠다닌다

때로는 냉면 대접 속이거나,
실수처럼 영화관 화면 속으로 떠오르기도 한다

강물을 타고 하구언을 거쳐…… 수평선으로 떠내려가는
사과, 사과는 소문을 낳는다

바다 저 멀리에서 산처럼 일어선 물살 위를

새빨갛게 뒤덮고 있는 사과들 입을 벌려

구름까지 잡아먹으며, 몰려오고 있다

사과의 성장이란 수천 개의 눈알이 터져버리는 일
색깔이 완성되는 바로 그 찰나, 사람들이 몰려온다

죄의식이었을까
그늘 아래의 사과는 쓰러진 말의 혓바닥보다 더욱 새파
랗다
또 다른 사과들의 행방은?

after shave

아르마니 양복 한 벌 해주실래요.

굽 높은 구두를 신고
상어의 턱과 같은 샤프한 턱의 선을 강조하며
도발적인 표정 지어 보이는 모델, 그 남자처럼

토요일 밤의 열기 가득한 거리를 활보하고 싶죠.
또각, 따각, 또각, 이런 타악기 소릴 내며
태양을 향해 걸어가야겠죠.

그 같은 기분으로
그와 같은 걸음걸이로…… 후후,

와인 잔에 입술 축이며, 매혹적인 눈동자로
나를 바라보는, 오로지 나만을 바라보는
그녀를 향해 다가가고 싶어요.

아르마니 양복 한 벌 해주실래요.

한 벌 더 해주셔도 상관없어요.
다이아몬드 박힌 피아제 시계도 괜찮아요.

문제는 몸무게죠. 총이라도 맞으라면
맞겠어요. 맞는 옷이 없어요.

총 맞은 것처럼[*]
연인과 함께 애절한 눈빛 주고받으며
듀엣으로 따라 부르곤 하죠.
어떻게 좀 해줘, 날 좀 치료해줘.
이러다 내 가슴 다 망가져……

아르마니 양복 한 벌 해주면 안 될까요?
향수와 넥타이도 신경 써주시고요.
요즘…… 아르마니보다
장 보드리야르가 더 인기죠.

[*] 백지영의 노래.

적성검사

음악 감상하고 오세요.

발기력 테스트도 하시고요.

검사장 옆 호숫가도 둘러보시고

갈 때는 정찰기, 올 때는 롤러스케이트를 타고 오세요.

신용카드로 하실래요, 물물교환으로 하실래요?

왼쪽 눈을 가리세요. 광안대교가 보입니까.

코끼리 코를 하고 제자리에서 백 바퀴 도세요.

사물의 핵심이 보이나요?

오른쪽 렌즈 1.2, 왼쪽은 0.1…… 그 정도면

10미터 거리에서 애인의 왼쪽 젖가슴에 새겨진 용 문신 정도는

식별할 수 있겠네요.

손을 쥐었다 폈다 해보세요.

아니죠, 그렇게 해서 여성을 흥분시킬 수 있겠어요.

맞아요. 리듬이 중요하죠. 잠자리보다는 나비죠.

앉았다 일어서보세요. 형이상학과 공상과학 중 어느 쪽입니까?

— 경치도 좋은데 좀 쉬었다 하면 안 됩니까?

수평선도 잘 보이는군요. 아이디어도 아주 잘 떠올라요.

시키는 대로만 하세요.

그래야 조금이라도 자유로울 수 있습니다.

열기구를 타고 0번으로 가세요.

번호표 뽑고 1호실 앞에서 기다리세요. 띵동, 띵동, 띵동!!

— 1호실 문이 열렸다.

— 그녀가 서 있었다. 그녀의 목에 키스를 퍼부었다.

사진하고 인명 구조 면허증 주세요.

공항 3번 출구 앞에 가서 기다리세요.

이름 부를게요…… 1종 살인면허증 찾아가세요.

축, 개업

동물 보호소 같은 그런 장소를 운영해보고 싶다.

외국인들도 가끔씩 들러 과자와 빵과 차를 마시고
섬 하나를 잃어버리고 갈 수 있는 그런,

누구나 와서 음악을 듣고, 아름다운 풍경을 즐기고
아기 하나 낳고, 떠날 수 있는, 그런

일렁이는 그림자들
피곤한 태양들이
이마를 내밀어, 헤딩슛을 터뜨리고 떠나갈 수 있는
동물 보호소 같은 그런,

화폐는 어디서 끌어모을까.

투어 가이드

모여보세요. 이쪽으로 오세요. 그리고……

무작정 나만 따라오시지만 말고…… 스스로 인생을 개척
해보시도록 하세요.

그렇게 설명을 해드렸는데…… 뭐하고 있다가 이제 와서
오리발입니까.

자꾸 왜 이러세요. 신고해야겠네요, 아니면 고소를 하든지
뇌물을 줘서라도 해결을 봐야겠네요.

제발 그만 집적거려요. 이봐, 내 말이 말 같지 않아.

잘 보세요. 풍경이 정말 아름답지요.

저기 하수구 위로 퍼져가는 저녁노을을 봐요.

저렇게 아름다운 시궁창은 첨 봐요. 찰방찰방 물속에서
뛰어노는 쥐들을 보세요.

정말 귀엽지 않나요…… 찍찍찍, 반들거리는 저 영롱한
눈동자들을 봐요.

보긴 뭘 봐요, 뭔 쥐뿔 났다고 보긴 뭘 봐…… 할 일들이
그렇게 없으면

구두 바닥이라도 닦아보든지.

〉

저기 가봐야 별 볼일 없어요. 불구경 끝났으면 어서 짐 싸서 집으로 가세요.

창피하게 초반에 떨어져가지고…… 아, 강당이 왜 무너집니까, 성수대교, 삼풍백화점……

벌써 잊은 건 아니겠지요. 억장이 무너지는군요. 내란음모가 뭡니까.

이게 뭐 동네 축구입니까. 도대체가 기본이 안 되어 있어요.

그런 돌 쪼가리들 봐야 소용없어요. 돌은 돌이지

스톤헨지가 뭐 역사입니까, 콜로세움이 뭡니까, 그냥 돌 쪼가리들이에요, 돌 쪼가리

…… 차라리 내 가슴속 상처를 만져줘요. 젖만 주무르지 마시고요.

혹시 아픔이 느껴지시나요. 피가 흐르나요. 상처가 너무 깊어 당신 손이

닿을 수 없어요. 유황불에 타고 있는 오리가 아니라 유황불 일렁이는 지옥으로 갑시다.

〉

　퀴바디스 도미네! 코스를 놓쳤어요. 내가 왜 여기에 있어
야 할까요.

　아무것도 기억나질 않아요. 저들이 나를 버려두고 가려
해요.

　폐허 같은 이곳에서…… 산송장이 되고 싶지 않아요.

　예의도 존경도 배려도 없고. 특히 아름다움도 없는

　이곳에서 평생을 썩어야 하나요. 나를 인도해주세요.

　미친 게 아니란 말입니다.

　그러니 혼자 가세요. 혼자 가는 길이 가장 독창적이고,

　의지를 가지고 환호가 없는 곳을 찾아가야 해요.

　누구도 따르지 말고, 불독처럼 혼자 가란 말입니다.

3부

훼손

너를 어깨 이하라고 생각했다

얼마나 깊이 떨어졌던지
어깨 위의 형태를 알아볼 수 없었다

오후가 없어졌다는 불안감

나 또한,
왼쪽에 대한 기억이 사라졌다

그의 미래로 지나갔던 발자국 소리가
그들 어깨 위의
공터에선 비명으로 들려온다

더 이상 네 행동의 취지를 사용할 수가 없다
여름이 꼭 필요했던가

원을 그리며 점프하지 못하는 자들은 하루 종일

신발 가게만 찾아다니고

학습목표에 도달하지 못한 학생은
책들을 한약처럼 다려 마시고 건강해지려 한다

나의 업적과 작품에 손을 대지 말아라
무릎을 갉아먹지도 말고 남몰래
행동의 반경을 빼돌리지 말기를

신의 속임수에도 무심할 때가 되지 않았는가
다만,
선풍기 바람이라도 쐬고 싶다
귀를 뜯어내지 말라

111번 체조

말을 할 때마다 책을 읽는 일은
피아노를 치며 기타를 치는 일만큼이나
쉬운 일이죠

기타를 칠 때마다 얼굴은 박수를 치고
기타가 다시 잎사귀를 뜯어 먹었을 땐
내 손은 얼굴을 찡그립니다

찡그린 얼굴이 무릎을 구부려
의자에 앉기도 전에,
의자는 벌써 팔을 턱에 괴고,
네 개의 다리를 흔들며
의자에 앉아 있습니다

내 생각을 당신의 머리와 합치는 일은
내가 한 말에 책임을 지고 아래층으로 내려와 비올라가
만든
역기를 들어 올리는 일만큼이나 어려운 일이죠

〉

노래를 부를 때마다 어항은 병아리를 뱉어내고
역기가 다시 나를 들어 올렸을 땐
내 손이 엉덩이를 지웠습니다

서랍을 당기기 전, 서랍은 벌써 내 어깨 위에서 혓바닥 내
밀어
자신을 주장하며 동전을 쓸어 담고 있습니다

손잡이는 불법이고
테이블이 범인이며

다리 한쪽을 요트 위에 걸치고 있는 동생 침대는
내 입으로 숨을 쉬는 당신의 심장입니다

식빵

아내는 저녁을 먹자마자 계속해서
야구 글러브 같은 손으로 식빵을 뜯어 먹는다
주전자 속의 피가 끓고…… 증발하지도 못하면서
칸딘스키의 이상한 나라 같은 티브이 화면 안과 밖으로
옥수수 비바람, 말미잘 구두, 그리고 워키토끼, 그 외
연속극들이 수시로 들락거린다
추상화된 고양이가 어슬렁어슬렁 다가오더니

아내의 발치에 떨어진 빵 조각을 주워 먹는다
부풀어가는 허구는 위험한 짐승, 길들일 수 없다
식빵처럼 부풀어가는 소파, 실내 슬리퍼, 까르르 물병,
추추 시계 따위들,
식빵 하나를 다시 뜯어 먹기 시작하는 아내,
창밖의 가로등이 푸른 유리 파편을 뱉어낸다

식빵 속에서 끊임없이 기어 나오는 붉은 벌레들
아내의 몸을 붉게 뒤덮어…… 머리부터 갉아 먹더니
얼굴이 점차 사라지고 어깨와 겨드랑이를 갉아 먹고

갈비뼈를 갉아 먹을 때까지 아내는 빵을 계속 먹고 있다
마침내 온몸이 투명해지고 빵만 남았다
아무리 먹어도 투명해지지 않는 빵

큐브

손바닥

혓바닥

발바닥

허벅지가 각각 아홉 개

아홉 개는 아홉 개의 시간을 가지고

여섯 개는 여섯 개의 심장

여기에는 '여기에'가 아홉 개 있지요

네 개는 아홉 개지요, 여기가 거긴지 알 수 있겠어요?

다섯 개는 아홉 개지요, 누가 범인인지 알 수 없어요

나와 당신의 뼈를 합하면 몇 개일까요?

위로 가도, 앞으로, 뒤로 가도 아홉 개지요

세 발자국, 네 발자국 절벽에서 떨어지면 너는 날아오르죠

여섯 발자국에서, 영혼은 빠져나가죠

한 발자국 남았어요

〉

돌 하나 세워두고 부서질 때까지 쳐다보세요
책장의 마지막 페이지를 볼 수 있을 거예요

손바닥으로 비틀고
혓바닥에 녹음된 모든 이야기를 들려주며
허벅지가 터지도록
발바닥이 닳도록

프리즘

가슴과 허리 사이로 빙하기가 흘러든다
목 위로 흐드러지게 핀 해바라기
배경 따위는 없었다

불안이 툭 터져버려, 기분이 훨씬 좋아지려는데
등 뒤에 꽂힌 것은?
옆집은 비어 있고, 높이뛰기 선수는 잠이 들었다

무슨 꽃으로 색칠하지? 왜 그렇게 애정이 없었을까?

오랜만이라고 입술 뻐끔거리는 물고기들
하늘을 깨고 이마를 내미는 태양

얼음이 녹는다
벽시계가 떨어진다
숲들이 몰려온다

시를 쓰고 있는 내 팔과

수족관 사이, 눈이 내리고

책상 다리에 묶인 내 다리에서 해변으로
기차가 달려간다

건너편 906호 창문 안으로 보이는 나의 얼굴

탕, 탕, 탕

세 개의 섬

1.
저 멀리 섬을 배경으로
그가 돌아누워,
허공 사이에 감추어둔
사랑을 쉽사리 감출 수 없어
사랑은 풋사과처럼
그의 허리께에 떨어져 있었다
파도가 밀려와
그녀가 몸을 뒤척일 때에도
풋사과는 아직까지
그의 허리께에 떨어져 있다

2.
저 멀리 섬을 배경으로 그들이 돌아누워
구름 속에 감추어둔 약속을 감출 수가 없어
약속은 풋사과처럼 그들의 허리께에 떨어져 있다
멋대로 부는 바닷바람에 그가 뒤척일 때에도

풋사과는 아직까지 그들의 허리께에 떨어져 있었다

3.
저 멀리 섬을 배경으로 그녀가 돌아누워
숲 속에 간직한 수요일을
보여주지 못해
수요일은 풋사과처럼 그녀의 허리께에
떨어져 있다
갈매기 날갯짓에 그들이 뒤척일 때에도
수요일은 아직까지
그녀의 허리께에
떨어져 있다

얼굴의 반격

얼굴 하나가 꿈속에 잠겨 있는
그 시각, 다른 얼굴 몇몇은
아침 햇살을 받으며 깨어난다.
그들 얼굴이 여름의
빨랫줄에서 말라가는 동안
다른 얼굴은 바다 깊은 곳에서
생각에 잠긴다.
우리들 얼굴 속의 또 다른 얼굴을
신뢰할 수 있겠는가.
햇볕 때문에 더욱 침울했던 얼굴들,
얼굴은 얼굴을 잊을 수가 없다.
얼굴에서 총알이 발사된다.
얼굴에서 수류탄이 날아온다.
얼굴 속에 가득한 무관심이
다른 얼굴들에 칼자국을 낸다.
길바닥에 떨어진 탄피와
유리 파편, 그리고 살과 뼈들
바람이 불고 마른 얼굴 껍데기가 굴러간다.

바닷물이 빠지고 퉁퉁 불은
얼굴들이 눈을 뜬다.

꿈과 해석

내 입술과 그들의 무릎
타이어와 창문은 어떠한 방식으로든 충돌한다
— 춤, 팬티스타킹, 식물도감

화분 하나 딱 갈라지면서 네 종류의 물감으로 나뉘었다
그 물감을 다시 합쳐 한 송이 꽃을 피워보고자 했으나
약속은 잘 이루어지지 않았다
— 부활, 중세 미술, 승률 조작

모순되는 틈새에서 파도 냄새가 난다
갈등하는 사이에서 총소리 들려온다
— 패션쇼, 확장, 판단

억수같이 내리는 빗속을 들여다본다
우울한 영화가 상영되곤 했다
— 추억, 태도, 천문대

어두운 달이 스캔들처럼 떠오르고

내가 잃어버렸던 실내악의 악보는 초라한 차림새로
불쑥 찾아온 친구의 겨드랑에 끼워져 있었다
— 테러리스트의 창문, 불란서 요리, 복부 근육

이십 년 동안 누워서만 살아온 아들이
엉덩이 위에 턱을 괸 자세로 치매 어머니 목욕을 시켜준다
— 철학, 인간 대지, 스포츠 매니지먼트

내 머릿속에 화살촉이 박혀 있다는 것을 기억하지 못했다
매일매일 창조적인 삶을 살았던 이들에게 경의를 표할 것
— 아인슈타인, 포도주, 당뇨병

먹다 버린 사탕, 개미의 집, 그리고
지도의 등고선, 컴퓨터의 회로 때문에 혼란스러워 하는
나를
이해할 수 없다
— 씻김굿, 과학수사대, 등대

〉

무리에서 이탈한 돌고래 한 마리가 이곳저곳을 유영,

거대한 선인장들이 우뚝우뚝 서 있는 그곳으로……

얼룩들

여기에, 짜장면 반 그릇과 햇살에 말라가는
모순과 역설

저기에, 웃음의 잔상이…… 입가에 묻은 고추장

파티가 끝나고 끝까지 춤추는 사람들을 위하여

족발, 삼겹살 조각들, 반쯤 베어 먹은 사과와 케이크,
담배꽁초와 뼈다귀들

여기, 있는 그대로의 세계를 받아들이라는 말씀과
어묵 두 쪽

저기에, 오토바이와 차가 정면충돌할 때 튀어 오른 빵 한
조각

그림자만 탁자 위에 두고……

〉

잘린 도마뱀의 문장을 이끌고 가는 힘겨움

나의 체온…… 점점 차가워진다

희망 한 입 아직도

당신에 대한 사랑도 아직까지 식지 않았지

지구상에 몇 벌 안 되는 구두

돼지의 고독   결말은?

곧 청소차가 도착할 시각

굶주림의 눈빛…… 폭풍은 사라지고

엄지손가락 하나가,

이명

별이 심장에게 말하는군, 귀를 닫고 놀러 가라고

말총머리 트롬본 연주자의 귀에 대고 속삭였던 말들이
새의 가느다란 내장을 통해 들려오는 말보다 더욱 의미심
장하지

바다를 향해 활짝 열리는 입술이 말하는군
귀에 귀를 대고 말 속의 광맥을 찾아 말을 갈고닦아
위대한 보석상이 되라고…… 그렇게 말하다니 역시 입술
답군

눈물은 눈의 슬픈 말이라고 말했지, 뺨 위를 흘러내리는
말들이
너의 뺨에 흘러내려 똑똑 구멍을 뚫는구나

지느러미가 날개에게 말하는군
날개다운 옆구리가 되지 말고 옆구리다운 지느러미가 어
떠냐고

⟩
말의 뿌리를 송두리째 뽑아 눈으로 말하는
공황 발작의 중심을 향하여 그물을 던져버리겠다고,
그래서 아가미로 말을 하는 새가 얼마나 잡힐지 궁금하군

나무의 피부를 뚫고 피어오르는 꽃, 꽃,
꽃이 필 때 얼마나 시끄러운지, 촛농을 귀에 떨어뜨려야 해

눈이 입술에게 말을 할 때도 시끄럽기는 마찬가지야
너 나에게 할 말 있니?
이제 그만 윙윙거렸으면 좋겠어

생각보다 긴 치마

생각보다 추워요
남은 부분은 잘라서
나뭇잎이나 물결을 만들면 좋겠네요
칸막이나 조련사의 날개로 사용해보죠

생각보다 무서워요
시체를 둘둘 말아볼까요
그래도 남는 부분이 있다면
그들에게 죄를 뒤집어 씌워도 되겠네요

이런 분위기

이런 분위기에서는
더 이상 열매를 딸 수 없어
더더욱 죽고 싶지도 않아

이런 분위기에선 정말이지
내 심장 한쪽이 푸줏간에
걸린다 해도 고백하고 싶지 않아

한번 벗어나면 도저히 일어설 수 없는,
어둠과 위스키의 원액을 섞어놓은 듯한,
독수리 한 마리, 비 한 줄기,
피아노 두 대가
녹아나는 이런 분위기

이봐, 그렇게 어이없는 짓을 하다니
무작정 큰 파도에 휩쓸리는 것보다
나뭇가지에서 닭 볏이 돋아나는 풍경이 훨씬 어울리지
숟가락이나 포크는 이젠 쓸모가 없어졌어

〉

저런! 농구 골대마저 무너지는군
이런 분위기에서 어떻게 제대로 된
악질이 될 수가 있겠어 말도 안 돼

서로가 표백될 것 같은
이런 분위기에서
어휴, 정말이지
제대로 죽을 수도 없어

접속사의 체조

그래서…… 하지만…… 그런데……

'그러나'의 꼭대기에서 날아가는 술 취한 녀석
'그리고'의 선착순에서 멀어져가는 그녀의 모습
'그러므로'에서 출발하는 기차 여행
'왜냐하면' 너의 명령은 가방으로 탈색되었기에
'그전에' 주어와 동사는 풍향계와 함께 밤새웠지
'만약에'에서 의심스러운
달의 변명을 뒤로하고
하나, 여섯, 바다, 열다섯, 이방인에서,
새 둥지로 이동하려 할 때,
너의 허파는 언제 파열하는가
'그래서' 날개를 접어야 될 시간이야
'하지만' 일을 접는다고 해서 사건이 끝나는 것은 아니지
'그런데,' 이것 참
의외의 결론에 도달해버렸군
아무리 체조를 해도

대명사가 되기 어려워, 누구도 대신할 수가 없어

'그래서', 하지만…… 그런데……

선인장과 함께, 더웠던 시절

선인장은 나를 목매달 만큼
성장했고 잎사귀는 나의 근본(서적)을 찌를 만큼 날카로
웠다

독수리 날개 아래 그늘을 팔고 있던 선인장
사파이어의 방관이 있었고

선인장의 성장을 곁눈질하는
아미타불의 염탐은
신세계(마침표)를 원하는 눈먼 짐승의 열정이었다

쉬운 말을 어렵게, 어렵게
건네는 너의 음성에서 풍겨 오는
여름날의 냄새, 강 건너 선인장의

그리고
쿠바의 선인장,
지붕 위 선인장들의

꼭대기에서 뚝뚝 떨어져나간 그 밤

그곳의 야경을 잊을 수가 없어

첼로가 뱉어낸 不和

윙윙, 뼈를 가는 소리를 듣고 있어
우연히 듣게 된 고전(연출가)의
줄거리는 피아골의 추억처럼 감미로웠지

다시 소리를 잘 들어봐

악기가 파도의 뼈 마디마디를 뽑아내자
그녀(F)는 과로(민감)하여 쓰러지는구나
바다를 분석하는
이론(마리 앙투아네트)에 무용수(철수)의 반응이
냉담했기 때문이지

소리란 그런 것인가
(민감하면 잠들 수가 없어)

질긴 탯줄(관통)에 친친 감긴 목들이
교수형(살인미수)처럼 허공에 매달려 있어
절단(비만)의 위기에 내몰린 갈비뼈들

〉

연주자의 연주를 들어봐
(천둥소리와 함께)

전기톱으로 가구를 갉아대는 소리
(귀를 갉아먹는 쥐들, 그리하여 침묵의 새(鉉)들)
나뭇가지(황금박쥐)가 쏜 화살이 심장에 박혀 그걸 빼내느라
전당포에 들리지도 못했어

연주자가 鉉을 힘차게 쓸어 담고 있어

살인(사랑의 기나긴 역경)을 할 만큼 건강이 좋은 소리야
때론 손가락(월경)을 빼앗긴 것처럼 기분 나쁘기도 하고
뼈 마디마디가 音(바다)처럼 음음, 쑤셔오는군

목젖의 이유

옆 사람의 목젖이 보이지 않는다.
돌고래가 튀어 올라 낚아채기라도 한 것일까.
주치의의 실패작이란 소문도 있지만
아무도 믿지 않는 눈치다.
하품을 할 때 목젖에 피어싱한 것이
눈에 거슬렸었지.
목젖까지 웃는 그 여자를 미행하고 싶었어.
목젖까지 보이며 우는 그 아이를 더 때려주었지.

새들의
악기들의
이파리들의 목젖.

녹슨 철로 위로 바퀴 없는 기차가 달린다.
옆에 앉은 사람의 목젖이 보이지 않고
그의 심장만 보인다.
그의 목젖이 보일 때까지
이렇게 누워 기다릴 것이다.

해설

어떤 작위作爲의 세계

조재룡 / 문학평론가

도대체 이 세상에서 무슨 일들이 일어나고 있는 것일까? 나비가 내 눈앞에서 날개를 펄럭일 때, 지중해 어디쯤에서는 파도가 넘실거릴 것이며, 어느 후미진 골목 어귀에서 총소리가 울려 퍼질 시간에, 누군가는 제 이마 위로 굵은 땀방울을 흘리며 고단한 하루 노동의 시간을 마감하고 있을 것이다. 어디선가 비가 내리고 있을 지금, 또 어디선가는 수류탄이 사람들의 머리 위를 붕붕 날고 있을 것이며, 바로 그 시간에 누군가는 제 목에 끈을 감고 어딘가에 매달아 그리 길다고 할 수 없을 제 삶을 마감하기도 할 것이다. 물론 바로 그 순간은 아이들이 천진하게 사탕을 쪽쪽 빨거나 신

혼부부가 손님을 맞을 준비로 한창 분주하게 식탁을 차릴 순간이기도 할 것이다. 누군가 책을 읽는 시간에 누군가는 노래를 할 것이며, 누군가 헐떡이며 섹스를 할 때, 누군가는 누군가를 속여먹을 궁리로 시간을 보내기도 할 것이다. 지금 이 순간, 이 세계에서, 누군가는 하품을 하고 누군가는 베개에 머리를 묻고서 코를 골고 누군가는 죽음을 애도하고 누군가는 공설을 내뱉는 일로 제 소임을 다했다고 착각을 하며 누군가는 삶을 저주하거나 예찬하고 누군가는 TV를 보며 발가락을 만지작거리고 누군가는 한 치 앞도 사방도 분간할 수 없는 암흑 같은 절망 속에서 체념의 지혜를 터득하고 있을지도 모른다. 이렇게 동시다발적인 일들이 무작위로 조합되어 무한에 가까운 행위의 가능성을 저 나름대로 실천에 옮기고 있는 바로 이 입체의 시간과 공간에, 우리는 붙박인 제 위치에서, 제 경험을 토대로, 저만의 세상을 일구고, 세계에서 일어날 이 행위 잠재성의 희미한 귀퉁이 한구석에서 사막의 모래 한 알과도 같은 크기의 삶을 영위할 뿐이다. 그런데 누군가가 이 무한한 행위의 가능성에 대해 끝내 침묵하지 않기로 결심하고서, 그것을 끌어와 제 삶과 긴밀한 커넥션 하나를 만들어내고자 한다면, 그는 어떤 방법으로 그와 같은 상태를 재현해내는 것이며, 왜 그렇게 하고자 하는 것일까? 정익진의 세 번째 시집 『스캣』을 읽으며 우리는 이 두 가지 물음에 대답해야 할지도 모른다.

1. 큐브 : 동시다발성의 체현

큐브를 이리저리 돌려보았는가? 어떤 공식을 외우지 않고는 한 가지 색으로 각각의 면을 이루고 있는 이 정육면체의 첫 모양을 복원하기는 쉽지 않다. 몇 번 돌리면, 아홉 개로 이루어진 동일한 색의 사각형 각각이 흩어져 어느새 다른 색깔의 그것들과 한 평면에서 공존하게 된다. 정익진의 시를 읽다 보면, 바로 이와 같은 상태, 즉 서로 다른 것들이 동시다발적으로 재현되는 세계를 백지 위에 나란히 펼쳐놓으려고 시도하려는 것은 아닌가 하는 생각을 하게 된다. 그는 어떤 사실을 확인하러 모험의 길을 떠나는 것이 아니라, 시를 통해 후차적으로 주어질 저 미지가 뿜어내는 공포를 마

다하지 않으려는 것처럼 보인다. 「얼굴의 반격」의

전문을 인용한다.

얼굴 하나가 꿈속에 잠겨 있는

그 시각, 다른 얼굴 몇몇은

아침 햇살을 받으며 깨어난다.

그들 얼굴이 여름의

빨랫줄에서 말라가는 동안

다른 얼굴은 바다 깊은 곳에서

생각에 잠긴다.

우리들 얼굴 속의 또 다른 얼굴을

신뢰할 수 있겠는가.

햇볕 때문에 더욱 침울했던 얼굴들,

얼굴은 얼굴을 잊을 수가 없다.

얼굴에서 총알이 발사된다.

얼굴에서 수류탄이 날아온다.

얼굴 속에 가득한 무관심이

다른 얼굴들에 칼자국을 낸다.

길바닥에 떨어진 탄피와

유리 파편, 그리고 살과 뼈들

바람이 불고 마른 얼굴 껍데기가 굴러간다.

바닷물이 빠지고 퉁퉁 불은

얼굴들이 눈을 뜬다.

정익진은 삶의 이면들(그러니까 다시 큐브에 비유하자면) 한 면을 이루고 있는 정사각형의 정체성 각각을 규명하는 일보다, 한 차례 이상 조작을 감행한 큐브에서, 서로 색이 다른 각각의 조각들이 공존하게 될 때 비로소 열리는 인식의 가능성에 주목하고, 이때 발생하는 어떤 사태를 펼쳐낼 방법의 고안에 오히려 사활을 건다. 세상에는 얼마나 다양한 "얼굴"들이 공존하고 있으며, 그 "얼굴"이 행하는 일이란 또 얼마나 우리의 예측과 통념을 벗어나는가? "얼굴"의 다채로운 경험과 행위의 가능성은 단일한 공간에 갇히거나 시간의 추이에 따라 이치에 맞게 진행되는 법도 없다. 따라서 "얼굴"은 신체의 부위가 아니라, 세계의 잠재성을 실현하는 데 필요한 행위의 주체로서, 낯선 세계를 백지로 끌고 올 장본인이기도 하다. 그러나 제 시가 몰고 올 이 사태를 두려워하지 않는 시인의 이와 같은 태도가 부지불식간에 찾아든 우연의 산물이라고 생각하면 커다란 오산이다. 첫 행과 마지막 행을 유심히 볼 필요가 있다. "얼굴 하나가 꿈속에 잠겨 있는"이라고 운을 뗄 때, 그 얼굴은 물론 시인일 것이며, 그러나 "꿈속"은 얼굴의 처지를 규정하는 표현이라기보다, 불가능한 것들을 현실에서 끌어안을 일종의 장치라는 사실을 우리는 곧 알게 된다. 이 첫 구절은, 혼자가 아니라 낯선 얼굴들과 함께 꿈에서 깨어난다("얼굴들이 눈을 뜬다")는 마지막 구절과 짝을 이루어, 비현실적인 경험을 오롯이 제 것으로, 즉 현실의 사건으로 환원해내는 작업에 정당성을 부여해주기 때문이다. 정익진의 시에서 동시다발적인 행위는 이처럼 독특한 구성력에 기대어 실현의 가능성을 타진하며, 이는 사실 정교한 조작을 통해 어떤 작위의 세계를 구성하려는 시인의 의지를 설명해준다. 가령, 아래와 같은 대목들은, 저 구성에 있어서 벌써 문제적이다.

뒤통수로 혓바닥을 토해낸다
어깨를 실룩이더니 창문을 만들어내고
발을 흔들어 비둘기 떼를 불러 모으기도 한다.

겨드랑이에서 눈동자를 떨어뜨린 사람들
머리를 흔들어 허공을 지우고 있다.

―「합창단」 부분

앵그르의 화폭 속에 그려진
풍만한 여성의 육체와 겹쳐지면서
눈앞에 어른거리는 엉덩이 지느러미

훌라후프 시곗바늘이여
제 꼬리 씹어 삼키며 빙빙 도는
뱀들이여

―「훌라후프 생각」 부분

  합창단을 실제로 본 적이 있는가? 서너 줄로 나
란히 간격을 맞추어 손에 악보를 들고 사람들이
몇 줄로 늘어섰다. 위 줄이 노래를 한다. 크게 입
을 벌리고 목청껏 외친다. 그들의 혀는 얼추 머리
크기 하나로 내려선 아래 줄의 똑같이 입을 벌리
고 있는 사람들의 뒤통수에 닿을락 말락 한다. 그
러니까 시선은 위 줄과 아래 줄 각각의 절반을 이
어 붙인 낯선 곳을 보고 있는 중인 것이다. 이번
에는 전체를 보려고 시선을 돌린다. 맨 위 줄 뒤편
에 커다란 유리창 하나가 나 있다. 비둘기 한 무리
가 유리창 너머로 날아오르는 모습에 초점을 맞
추면, 착시가 생겨날 정도로, 중심이 된 피사체

가 흐려질 위험도 생겨난다. 각각의 줄이 서로 반쯤 어긋나게 섰을 가능성도 배제할 수 없다. 박자에 맞추어 좌우로 몸에 추임이라도 넣고 있는 경우라면, 아래 줄 사람들의 눈동자가 위 줄에 선 사람들의 겨드랑이에 붙었다 떨어지기를 쉴 새 없이 반복하는 모양새를 보는 일도 가능해질 것이다. 이번에는 집 안이다. 거실에서 훌라후프를 돌려본 적이 있는가? 소파 위에는 필경 앵그르의 그림 한 폭이 걸려 있을 것이다. 아주 간단하게, 정익진은 훌라후프의 몸동작만을 보려 한 것이 아니라, 그 배경에도 눈길을 살짝 준 것 뿐이다. 가만히 그 상태를 유지하다 보면, 빙글거리는 당사자가 그림 속 여인의 풍만한 가슴인지, 훌라후프인지, 그림 위에 걸려 있는 시계인지 분간하기 어려운 지경에 이르게 될 것이다. 결국 이 모두가 동시다발적으로 움직인다고 생각하는 순간은 우리가 어느덧 정익진 시의 감추어진 구성적 비밀 하나를 알게 되는 순간이다. 이렇게 클로즈업된 부분만으로는 그 경계가 모호하지만, 전체 속에서 조명하면 그 위치가 다시 확정되어, 부분이 전체를, 전체가 부분을 향하는 기이한 운동 하나를 목도하게 되는 것이다. 이 경우, 큰 틀은 주로 작은 틀의 행위 가능성을 실현하는 데 기여하며, 작은 틀은 개체로도 움직이는 동시에 전체의 틀에서도 제 역할을 수행하는, 다시 말해, 동시다발적인 운동 속에 놓일 수밖에 없게 된다. 상호간의 왕복 운동에 주목하여 행위의 동시다발성을 글로 표현하는 작업은 물론 "아직 정신이 들지 않았다"(「합창단」)고 시인이 말해놓은 어떤 상태나 "왠지, 쓸쓸해지네요"(「훌라후프 생각」)라고 지적해놓은, 그러니까 고즈넉한 제 심정을 표현하기 위해 필요하다고 판단되어 감행된 어떤 지적 조작에 해당된다.

꽂혀 있는 책들이 모두 모여
온전히 한 권의 책이 될 때까지 기다려야 한다
책 속으로 머리를 담근다

느릿한 음악이 가늘게 이어지고
식물원과 같은 고요 속에서 간간히 들려오는
발자국 소리, 커피 잔 달그락하는 소리

그리고 먼지 한 톨을 오랫동안 응시하는 시선의
힘으로 생각을 넘긴다

책 밖으로 천천히 지느러미를 저으며

지나가는 물고기들,
여기는 가라앉는 중이다

가라앉는다, 가라앉는다
바닥에 닿으려고 허우적대는 발들

간혹, 저쪽 테이블에서 말소리가 들려온다
천문학과 건축에 관한 용어들이다

책과 책들의 상호연관성 혹은 적대관계를
생각한다 천장에 붙어 있는
다리들이 허우적대고 있다

책 속에서 머리를 뺀다

―「북 카페」 전문

둘 이상의 행위를 서로 포개면서, 어느 하나를
다른 하나의 배경으로 삼거나, 중첩되어 어색한
상태를 그대로 유지한 채 이야기로 끌고 나가는
것은 정익진의 시가 매우 구성적이기 때문이다.
내가 책을 읽으러 들어간 카페에는 커다란 수조
가 있다. 그것뿐이다. 책을 골라 자리를 잡고 앉은
내 의자의 바로 뒤에 이 수조가 있다고 가정할 때,

비로소 시의 낯선 풍경 하나가 눈에 들어오기 시작한다. 그러니까, 이 작품은 내가 펼쳐든 책과 물고기가 지나가는 것을 한 장면으로 연결한 조작을 통해, 조용하고도 따분한 느낌과 잔잔한 침묵, 책에 대한 알 수 없는 두려움을 책을 읽는 제 감정처럼 위장한 다음, 그 분위기에 젖어(깜빡 졸았을 수도 있다), 내 몸이 의자 아래로 서서히 미끄러져 내려가는 그 추이와 양상을 표현한 것이다. 중요한 것은 정익진의 시가 이러한 탈프레임 장치에 의지하여, 일관되게 행동하지 못하는 사람들의 이야기를 그 주제에 부합하는 구성을 통해 보여주고, 선뜻 납득을 하지 못하는 어떤 상태를 그 상태에 가장 잘 어울리는 작법을 통해 실현해낸다는 데 있다. "책 속에서 머리를 뺀다"는 마지막 구절은 그러니 얼마나 적절하며 또 절묘한 결구인가. 쓸쓸하게 고립되어 고독 속에서 살아가야 하는 현대인의 자화상을 담아내기 위해, 이 시인에게 필요한 것은 강렬한 주제의식이나 기발한 소재의 발명이 아니라, 그러한 상태를 깁고 덧대고 덜어내거나 때론 추가하고 분리할 구성력과 그 효과를 적절히 배가시켜줄 문장의 배치 능력인 것이다. 정익진은 늘려야 할 때 늘릴 줄 알고, 순서를 바꾸어야 할

때 과감히 뒤집을 줄 알며, 적당히 숨겨야 할 때
위장할 줄 알고, 적나라하게 뿜어내야 하는 순간
에 누구보다도 과감히 정념을 쏟아낼 줄 아는 시
인인 것이다. 문제는 이때, 세계를 주시하는 우리
의 시선과 경험도 늘어나고 줄어들거나, 뒤바뀌
거나 폭발한다는 사실이다. 물론 사유는 말할 것
도 없다.

옥상 물탱크 옆에 서서 구름을 바라본다
오늘의 구름 속에는 다행히 무기는 없었다
구름을 바라보며 하는 양치질, 상쾌해
점심을 먹을 때도 구름은 식당 한쪽 구석에서
세수하는 하마 표정을 하고 있어
R마트······카트를 끌고 아내의 뒤를 졸졸 따라다니는데
아내의 엉덩이에 붙어 있는 분홍색 구름 귀여웠어

—「구름 과자」 부분

아내의 발치에 떨어진 빵 조각을 주워 먹는다
부풀어가는 허구는 위험한 짐승, 길들일 수 없다
식빵처럼 부풀어가는 소파, 실내 슬리퍼, 까르르 물병,
추추 시계 따위들,
식빵 하나를 다시 뜯어 먹기 시작하는 아내,

창밖의 가로등이 푸른 유리 파편을 뱉어낸다

—「식빵」부분

　　"아내의 엉덩이"에 "분홍색 구름"이 붙어 있다
는 것은 치마의 무늬만을 이야기하는 것은 아니
다. 떠다니는 것을 상상하면서 여기저기에서 목
격한 어떤 상이한 경험들을 하나의 이야기로 묶
어 한 편의 시로 엮어낸다. 그래서인지 이 작업에
는 시간에 대한 인식이 결여되어 있다. 옥상에서
비행기 한 대도 지나가지 않는 하늘을 보며 안도
하는 제 마음이 먼저인지, 식당의 저 창문 너머로
본 구름이나 구름처럼 푸근하게 생긴 누군가를 보
았다는 구절이 앞의 일인지, 아내와 쇼핑을 간 것
이 전체 이야기의 첫머리인지 좀처럼 알 수 없게
끔, 인과관계를 지워버리고 대목과 대목을 모호
하게 처리한 것은, 구름 자체의 성질을 표현하려
는 고민과 이에 부합하는 문장의 구성을 통해 구
름의 특성을 담아보려는 노력의 결과이며, 이러
한 방식은 마치 카메라의 줌처럼 늘이고 줄이기를
반복하여 손에 쥐게 된 어떤 이상한 사진 여러 장

을 편집해놓은 것 같은 작위적인 이미지를 만들어낸다. 줌을 늘렸다 줄인 것이라는 전제가 있어야, 우리가 인용한 작품 「식빵」의 구절도 이해의 자장 안으로 포섭된다. 아내가 빵 조각을 흘렸다. 나는 그걸 주워 먹는다. 그러다 잠시, 이스트를 넣고 부풀려 이렇게 보드랍게 부풀어 오른 것이 "식빵"이라는 생각에 잠시 젖어들고, 거기서 "부풀어가는 허구"라는 발상이 발현되기 시작한다. 이 허구는 길들일 수 없는 것이며, 시의 창조적 성격은 이렇게 "위험한" 무엇을 감행하는 데 있다는 사실을 시인은 잘 알고 있다. 이러한 생각 끝에 시인은 제 눈의 조리개를 과감하게 줄였다 늘이기 시작하고, 어떤 풍경 하나를 끌어당기고 되밀면서 주어진 결과를 적기로 결심한다. "소파", "슬리퍼", "물병"을 차례로 당겼다. 다시 이 모든 것이 하나의 풍경 안에 자리 잡을 정도로 제 시선을 한껏 밀어냈다. 그러니 시계도 앵글 안으로 들어오게 되었다. 시선은 각도를 옮기는 것이 아니라, 줌인 작업을 통해 "아내" 쪽을 확대했다가, 부엌의 유리창 너머로 보이는 풍경 전부를 포괄해내는 곳으로 이내 달음질을 친다. 동시다발성을 담아내기 위해 탈프레임의 공간 안에서 모든 것이 조율되었다

고 생각하는 순간, 우리는, 각각의 시선을 늘이거
나 당기면서 발생한 어긋남과 그 결과를 나열하듯
적어내면서 정익진이 '어떤 작위의 세계' 하나를
만지려 한다는 사실을 깨닫게 된다. 작위의 세계
를 실현하려는 그의 의지는 제 시를 튜링 테스트
의 대상으로 삼는 동기가 되기도 한다.

당신의 환희에 대해서는 궁금한 점이
한두 가지가 아니지요
(밀려오는 파도)＋(946)
길이 끝나는 지점에서 뒤돌아보면
저만치 서 있는 379, 또한
(655)-(오렌지)와 같은
……그런 말들을,

—「거인」 부분

정익진은 룰렛과 같은 무작위적 우연의 체계를
도입하여 인간 사고의 변덕스러움을 담을 기계 하
나를 만들려 시도했던 앨런 튜링의 이야기를 변형
하여, 불운했던 튜링의 삶과 비극적인 그의 죽음

에도 불구하고 실험에서 그가 느꼈던 "환희"를 높이 기리며 제 시의 동기를 찾는가 하면, "슈타인" 교수의 "하지 않을 말"과 환경미화원 "비트겐"의 "하지 않았던 말"을 대비시켜가며, 사회적으로 죽은 것이나 마찬가지의 비루한 상태에서 제 삶을 꾸려나가야 하는 후자의 편에 서겠다는 조심스런 고백("네가 홀로 증발하지 않도록, 약속하마.", 「비트겐슈타인」)을, 암호를 해독하려는 자세로 시를 쓴다는 제 각오에 덧대어서, 언어학자 비트겐슈타인에 대한 오마주와 하나로 포개어놓는다. 작위의 세계는 바로 이렇게 세상에 몸을 내민다.

2. 프리즘 : 억압을 풀어내기 — 전이轉移를 지지하기

애초에 던졌던 두 번째 물음을 꺼내들 때가 되었다. 그렇다면 그는 왜 작위의 세계를 궁굴리기 위해, 동시다발적인 현상에 주목하고 그에 합당한 문장을 고안하려 하는가? 현실이 고통스럽다면 누구나 그 고통스런 현실에서 벗어나려고 한다. 그러나 쉽사리 어디론가 달아나기 전에, 그 원인

을 따져보는 일이 필요하다고 생각하는 사람들이 가끔 있다고 해야 할까. "전생에 먹었던 혹은 죽음 이후의/메뉴 정도는 개발"(「외식업계」) 되어야 한다고 시인이 말하는 까닭이 여기에 있다. "신기루가 사라지고 난 뒤"나 "사자에게 물려 가기 직전"(「외식업계」)처럼, '~의 이후'나 '~직전'의 일들을 '캡처'하듯이 도려내는 작업, 상반되고 모순된 이 모습들을 서로 끌어당겨 하나로 배치하는 일, 그러니까, 그는 오로지 실현이 불가능한 상태들을 이어 붙이는 이러한 작업에 의존해서만, 현실을 재구성해낼 수 있다고 생각한 것은 아닐까.

아침 햇살을 애완견처럼 데리고 들어온 세 명의 여중생,
개나리 짬뽕, 진달래 볶음밥, 목련 잡채밥을 시킨 다음,
책가방에서 노트를 꺼내어 국어생물학, 수리관상학, 영어기계학 숙제를 한다.

중국집 문이 열리고 아침햇살 마시며
야채 아줌마가 들어선다. 당근 모양의 감자, 양파 맛 오이,
검은색 토마토, 오렌지 맛 대파를 내려놓고
오토바이 소리와 함께 사라진다.

잠시 후, 슈퍼맨 복장을 한 푸줏간 아저씨가 입구와 함께 등장한다.

커피 맛 돼지고기, 카바레용 닭고기, 눈물 젖은 소고기,
기타 치는 오리고기를 바닥에 부려놓고,
봄바람과 함께 퇴장한다.

학생들이 주문한 음식 아직도 나오지 않았고,
저녁노을 번져가는 창밖, 겨울 나뭇가지에 피어난
요리 한 접시.

—「마지막 장면」부분

　　주목해야 하는 것은 "학생들이 주문한 음식 아
직도 나오지 않았"다고 말하는 대목이다. 정익진
의 관심은 이처럼 정신분석학에서 말하는 억압
의 저 메커니즘에서 벗어나려, 삶의 해방을 서둘
러 촉구하거나, 광기의 편을 들어 초현실의 세계
를 넘보는 데 놓여 있는 것이 아니라, 비현실적인
풍경들의 묘사를 통해, 현실을, 아직 실현되지 않
은 잠재적 상태로 남겨놓거나, 과거의 어느 시점
에 붙들려, 그때 차마 하지 못했던 것들을 자유롭
게(다시 말해, 작위적으로) 표현해봄으로써, 현실을
여전히 당도해야 할 무엇, 확정되지 않은 무엇, 유
보해야 할 무엇, 끊임없이 반추하고 성찰하고 추

정해야만 비로소 다가갈 수 있는 불투명한 대상으로 남겨놓는다는 데 있다. 정익진의 시에서 자주 등장하는 '아직'과 '여전히', '직후'와 '이후'나, 이 양태 부사가 앞이나 뒤에서 감싸고 있는 구문들은 현실의 "또 다른 가능성을 확인"(「거울」)하는 일이 오로지 작위적인 구성에 의지해서만 가능할 것이라는 사실을 말해준다. 함정은 바로 여기에 있다. 현실에서 "정체불명의 희망에 시달리고"(「철거 지역」) 있다고 해도, 아니, 여전히 "폐허 같은 이곳에서…… 산송장이 되고 싶지 않아"(「투어 가이드」) 발버둥 칠 수밖에 없는 운명이라고 해도, 재앙에 대한 거부나 현실에 대한 부정보다, 더 중요한 것은 '여전히'—'아직도'—'막' 벌어지고 있는 일들에 주목하는 행위인 것이다. 바로 그러한 상태는 현실이라고 부르기 어려운 모습들, 즉 그로테스크한 모습으로 재현된다. "귀가 뚫려, 코가 뚫려, 누구는 입천장이/뚫려"있는 존재이며 그렇기에 "바닥에 닿지 못하고/어쩌다 중간에 걸려 대롱거리는"(「푸줏간」) 존재에 주목하는 것은 바로 이 때문이다. 그는 우리 모두 삶의 막장에 내몰렸거나 벼랑 끝에 서 있는 것이라고 제 입으로 말하는 대신, 현실이라는 이름으로 그토록 오랜 세월 단정하게 우리 주변에 불려 나왔던 확실성의 세계, 확신에 대한 믿음으로, 불안한 이성으로 지탱되어온 세계에서 결락되었던 관계들과 그 관계들의 얽히고설키는 성질, 그것의 동시다발적 양상을 장면과 장면을 캡처하는 방식으로 담아내는 일이 훨씬 소중하다고 생각한다. 시인은 이렇게, 발생할 가능성이 있는 일과 발생한 일, 상상 가능한 일과 이미 상상되었던 모습들이 바글거리는 세계, 온갖 추체험들이 서로 공존하는 그 상태 그대로를 가지고, 어떤 임의의 풍경 하나를 구축하는 데에 제 시의 운명을 의탁한다. 따라서 이러한 작업에서, 엉뚱해 보이는 결합이나 낯선 것들을 서로 이어 붙인 연상 작용은 우리가 그 세계로 입장하는 데 없어서는 안 될 수단이자, 상상력에 기대어 현실을 골똘하게 사유하게 만드는 근본적인 원인이 된다.

한번 벗어나면 도저히 일어설 수 없는,
어둠과 위스키의 원액을 섞어놓은 듯한,
독수리 한 마리, 비 한 줄기,
피아노 두 대가
녹아나는 이런 분위기

이봐, 그렇게 어이없는 짓을 하다니
무작정 큰 파도에 휩쓸리는 것보다
나뭇가지에서 닭 볏이 돋아나는 풍경이 훨씬 어울리지
숟가락이나 포크는 이젠 쓸모가 없어졌어

—「이런 분위기」 부분

     달리의 그림 한 편을 보는 듯한 이 풍경은 확실
성이나 단단한 것을 부정하기 위해서라기보다
"서로가 표백될 것 같은"(같은 시) 어떤 삭막한 세
계를 거부하려는 의지의 발현으로 볼 수 있겠다.
쓸쓸함이나 외로움, 좌절이나 허무, 절망이나 환
상을 제 시의 알리바이로 삼는 것은 아니다. 그는
오히려 의미 연관을 찾기 어려운 것들, 가령, "군
함과 굴참나무 숲"이나 "꽃다발과 공중전화 부
스"처럼 서로 인과성의 맥락을 찾아보기 어려운
낱말들을 양손에 들고 "한쪽엔 비 내리는 포구, 한
쪽에는 킬리만자로"를 달 듯, 말의 무게를 "저울
질"(「저울의 시간」)하는 실험을 통해, 현재와 과거,
지금의 이 순간을 서로 접목시키고, 여기와 저기,
그러니까 지금의 공간과 상상의 공간을 서로 연접
하면서, 자신의 내면과 그 내면의 복잡성을 형상

화하는 방식을 택한다. 현실과 비현실 사이를 반추하는 과정을 제 내면의 사건으로 각인하는 그의 시는 기묘한 성찰의 뉘앙스를 풍기며, 나라는 존재란 결국 이 시간 저 시간에, 이곳과 저곳에서, 내가 맺었던 타자의 흔적을 통해 제 성립의 가능성을 타진할 수밖에 없다고 말하는 고백과도 같다.

지금 대구에서 나를 생각하는
사람을 비춰보면서
지금 파리에서 나를 기억하는
사람을 추억하면서
아직까지 종로에서 나를 찾아 헤매는
그녀를 떠올리며
또 다른 가능성을 확인한다
색다른 서스펜스를 기대한다
거울을 몸속에 지니고 다니면
반사 신경이 날카로워진다
너의 이마에서
굴절되는 나의 심장,
도마뱀 꼬리가 기어간다
매의 한쪽 날개가 날아간다
두더지의 앞발이 땅속을 파고든다
거울을 볼 때마다 구름의
넓이만큼 부풀어가는 나의 얼굴,

풍경 속에서 튀어나온 손 하나
거울 속으로 들어가며
나의 머리를 쓰다듬는다
거울 앞에 서 있다고
모두가 다 거울에 반사되지는
않을 것이다

―「거울」 전문

　　그것은 그러니까, 꿈이었던가? 그가 만들어낸
이 작위의 세계를 바라보는 우리가 꿈을 꾸고 있
는 것일까? "바다 속으로 가라앉는 꿈을 꾸었다"
(「하, 허리가 없다」)라는 전언을 해석할 필요가 있겠
다. 연결고리가 제거되어 이질적으로 겉돌고 말
것들을 서로 이어 붙여 독창적인 작위의 세계 하
나를 창출하고자 하는 그에게 필요한 것은, 엉뚱
한 상상력이나 허황된 환상이 아니라, 억압의 기
제를 최대한 벗어버리려는 언어적 사투, 전이의
양상들과 그 양상들이 펼쳐낸 다채로운 세계로 현
실을 물들여보려는 의식적 실험일 것이다. 그가
이미지를 중첩시키거나 빈번히 피사체를 늘리고
줄이는 이유, 하나의 이미지를 다른 것의 배경으

로 삼거나, 배경이 되어야 마땅한 이미지를 소도
구처럼 환원하는 까닭이 바로 여기에 있다.

여기, 있는 그대로의 세계를 받아들이라는 말씀과
어묵 두 쪽

저기에, 오토바이와 차가 정면충돌할 때 튀어 오른 빵 한 조각

그림자만 탁자 위에 두고⋯⋯

잘린 도마뱀의 문장을 이끌고 가는 힘겨움

나의 체온⋯⋯점점 차가워진다

—「얼룩들」부분

미치기로 결심했는가.
왜 이 바닥은 아직도 출렁이질 않는가.
창조할 수 없다는 그 무시무시한 공포,

—「요트와 같은 기분이 들 때까지」부분

세계는 너무나 견고하다. 지금 "있는 그대로의 세계"는 속박된 세계이자, 너무나도 따분한, 너무나도 고루한 단면적 세계, 하나와 하나를 기계적으로 합해놓은 단순한 합산에 불과한 세계, 잉여의 공간과 결핍의 가능성을 모두 제거해버린 세계, 상상력의 날개를 달고 날아오를 때 펼쳐질 이상과 기약을 꿈꾸지 않는 세계이다. "사물의 핵심이 보이나요?"(「적성검사」)는 따라서 물음이 아니라, 근본적인 불신에 가깝다고 해야 한다. 이 단호한 세계에 맞서 싸운다는 불안과 두려움은, 그 세계에서는 "창조할 수 없다는 그 무시무시한 공포"를 이기지 못한다. 그는 한없이 출렁이는 세계, 예고 없이 요동치는 세계, 계속해서 미끄러지는 세계, 동시다발적으로 무정형의 것들이 꿈틀거리는 세계로 향하기 위해, "잘린 도마뱀의 문장을 이끌고" 힘겹게 발걸음을 옮기는 전진을 택한다. 이 시인은 바로 이런 방식으로, 꿈의 알리바이를 확보해내며, 언어의 자의성을 시에 결부시킬 근본적인 이유를 확보해낸다.

3. 아, 아, 점점 더 벌어진다 : 언어의 자의성을 회복하기

왜 언어의 자의성이 문제가 되는 것일까? 언어가 대관절 어떤 속성을 기반으로 세계를 반영하기에 시인들은 언어의 저 모험적 특성에서 제 시의 가능성을 타진하는가? 가능성이라는 말이 적절하지 않을 수도 있다. 물음을 바꾸자. 왜 시인들은 의미가 형성되는 과정 자체를 주목하고자 하는가? 오로지 그 과정을 드러내는 작업으로만 삶의 뒤틀림과 존재의 불안정성, 대상이 가지런하지 못할 때 찾아드는 그로테스크한 이미지를 반영할 수 있다고 생각하는가? 언어의 이데올로그가 되고자 하는가? 말은 그 자체로 모국어와 외국어의 성질을 동시에 지니고 있다. 표기가 의미의 안정을 보장하는 경우, 언어는 특히 시에서는 단순한 수사나 가지런한 이해의 수단으로 전락할 뿐이다. 정익진은 인접성의 세로축(A가-B를-C한다)과 유사성([그가[내가[그녀가[개가]]]]─[말을[운동을[세수를[놀이를]]]]─[씹는다[먹는다[때린다[짖는다]]]])의 가로축의 변폭을 줄이거나 늘리는 정도에 따라, 바로 그만큼의 고저로 세계가 요동

을 치고, 정념이 꿈틀거리며, 걸어 들어올 수 없다
고 믿었던 어떤 작위의 세계가 실현될 것이라는
사실에서 제 시의 희망을 발견한다.

어둠이 기억을 잃어버린 동안,

잠든 나를 아무리 깨워도 깨어나지 않았지만
내가 묻는 말에 잠든 우리는 이상하게 꼬박꼬박 대꾸한다.

"발자국" 하고 물으면 "나뭇가지에서 떨어지는 눈송이들"
"언덕길" 하면 "롤러코스터에서 태어난 아기"
"물고기 떼"라고 물으면 "노을의 모자"
"트롬본" 하면 "빛나는 그림자들"이라고 고민한다.

그 사이 파리에서 모스크바로 달려가는
말발굽 소리에 깨어난, 나는 다시
우리가 묻는 말에 꼬박꼬박 숫자를 설계한다.

—「Q&A」부분

인접성을 최대한 축소시키려는 조합은 유사성
을 제거하려는 조작의 산물이기도 하다. 말의 무
게를 재고, 구문을 조직하는 시인의 능력에 따라,

세계의 암면, 꿈의 공간에서 소진되었던 "기억"을 회복할 길이 우리에게 잠시 열리기도 한다. "랑그 파파파랑파파랑빠빠롤링끊임없이미끄러지"는 원리에 의거하여 말을 선택하고, 음성적 유사성에 근거하려 그 말을 결합의 축으로 투사하는 식의 이 말놀이는 "의식의 흐름 기법처럼 관능적"이지만, 그것은 한편 단순한 유희가 아니라, "폐허에 가득" 떠도는 "불안, 광기, 공포"를 표현하고자 한 방법, "수천 통의 편지를 부쳤지만 되돌아오지 않는 목소리"(『스캣』)를 담아낼 수 있는 유일한 방식, 꿈의 세계와 과거의 악몽을 현실에서 표현해낼 단 하나의 문법인 것이다. 말놀이는 단순한 말놀이에 갇히지 않는다. 시의 꿈, 세계의 잠재성, 동시다발성을 비로소 현실의 욕망, 현실에서 충족되지 않는 집념, 현실의 언어로 변형할 수단이며, 이때 끝까지 신경을 곤두세워야 하는 것은 언어의 조직, 말을 부리는 특수한 방법일 수밖에 없다. 그의 시에서 목격되는 거개의 말놀이는 그러니까, 절망을 담아낼 단 하나의 방식이자, 절망 자체의 속성을 기술해낼 언어적 실천인 것이다.

흩어져버린 발자국들과 함께
앞뒤가 토막나버린 구절들:

……피아노를 메고……
……향수도 없이……
……접시 위에 떨어진 그 여자의……
……꼬리를……쓰러져……
……더욱 독해진……
……불타는 안경이……
……폭설이었다……
……우산이 먹어버린……
……곤충에 매달려……
……물속으로……에서……
(…)

한 토막은 절망에 두고
한 토막은 남부민동에서……또 다른
한 토막은 습관처럼……돌고, 돌아

―「도마뱀」 부분

문장 그 어디를 잘라 아무렇게나 이어 붙여도
결국 몸통이 되고 마는 말의 행렬, 꼬리와 꼬리를
연결하여 무한으로 늘어나는 말의 순열, 그것은
바로 꼬리도, 머리도, 몸통도 없는 말인 동시에 절

망과 단절의 말이자, 절망과 단절의 속성을 표현하는 말이기도 하다. 꼬리에 꼬리를 물고 이어지는 이 말들의 행렬에서 "앞뒤가 토막나버린 구절들"은 그 자체로 순일한 의미 안으로 포섭되어버리거나 견고한 추상의 영역으로 초대받는 것이 아니라, 파편처럼 흩어지고 여기와 저기를 떠돌면서 서로가 서로를 덧대며 이어지고 있다는 측면에서, 삶의 저 동시다발적 발생 가능성을 파편적으로 그러내는 데 오롯이 헌정된다고 보아야 할 것이다.

문장들과 낱말들과 음성과 자구 하나하나가, 회전하고, 요동치고, 분기했다 사라지고, 서로 부딪치면서 멀어지거나 가까워지는 저 다채로운 모습을 꿈의 알리바이로 환원해내고 그 수위를 적절히 조절해내면서 정익진은 어떤 작위의 세계 하나를 우리에게 선보였다. "말 속의 광맥을 찾아 말을 갈고닦아"내거나, 아예, "말의 뿌리를 송두리째 뽑아 눈으로 말하"(「이명」)려는 시도를 통해, 잘라내도 다시 자라나며, 떼어버려도 어느 틈엔가 우리 곁에 당도하여 우리의 주변에서 빙빙 맴돌고 있는 말의 뭉치들을 적시해낼 때, 오로지 말의 이와 같은 속성에 기대어서면 제 설득력을 갖추고 생명을

부여받는 작위의 세계가 우리를 찾아온다. 정익
진에게 시의 특수성은 구문이 조직되는 특성에서
설득력을 얻을 것이고, 문장이 결합하는 독특한
방식에 전적으로 의탁할 것이며, 의미 그 자체가
아니라, 의미를 유보해나가는 과정을 주관적으로
조직해내는 정도에 따라 결정될 것이다. 정익진
의 시는 이렇게 의미의 무한성을 조준하며 한없이
미지의 세계로 달려가는 것이 아니라, 가장 자유
로운 세계, 꿈의 세계와 현실을 마주하게 하는 일
에서 크게 성공을 거둔다.

그래서…… 하지만…… 그런데……

'그러나'의 꼭대기에서 날아가는 술 취한 녀석
'그리고'의 선착순에서 멀어져가는 그녀의 모습
'그러므로'에서 출발하는 기차 여행
'왜냐하면' 너의 명령은 가방으로 탈색되었기에
'그전에' 주어와 동사는 풍향계와 함께 밤새웠지
'만약에'에서 의심스러운
달의 변명을 뒤로하고
하나, 여섯, 바다, 열다섯, 이방인에서,
새둥지로 이동하려 할 때,
너의 허파는 언제 파열하는가

'그래서' 날개를 접어야 될 시간이야

'하지만' 일을 접는다고 해서 사건이 끝나는 것은 아니지

'그런데.' 이것 참

의외의 결론에 도달해버렸군

아무리 체조를 해도

대명사가 되기 어려워, 누구도 대신할 수가 없어

'그래서', 하지만······ 그런데······

—「접속사의 체조」전문

시선을 확장시켜 세계나 세계의 이면조차 달리 보려는 이 시도는 그러나 언어를 기계적으로 트레이닝한 결과 우리에게 당도한 것은 아니다. 오해하지 말아야 할 것은 정익진의 시가 언어의 자유로움이나 무책임성, 도구적 한계를 드러내는 데 봉사하는 것이 아니라, 언어의 자의성에 주목하여, 인과성에 비추어 최대한 낯선 구문을 조직하는 일이야말로, 세계의 저 저변, 세계의 동시성, 이 세계가 머금고 있는 잠재력을 현실에 불러낼 유일한 방법이라는 사유의 소산이라는 사실이다. 작위의 세계는 이처럼 현실-환상, 사실-상상의 단순한 이분법에 토대를 두고 어느 하나를 지지하는

것이 아니라, 오히려 우리가 탈프레임이라고 부른 구성력과 꿈의 현실로의 전이, 이에 부합하는 구문의 고안을 통해, 동시적인 장면들로 겹쳐지며 우리를 찾아온 결과물일 뿐이다. 시적 드라마의 창출은 쉽게 예상이 가능한 인과의 축에 기대어서는 결코 만개할 수는 없는 것이다. 그것은 어느 한순간을 기점으로 삼아, 다른 장면으로 빠르게 도약하고 마는 시선의 날렵함, 과거-현재를 무작위로 오가는 비약의 날개 속에서 제 꽃을 피운다. 언어가 언어를 물고 늘어지는 양상이나 말놀이에 토대를 둔 문장의 조직은 페이소스나 풍자의 격자를 벌려놓거나, 블랙유머의 공간으로 우리를 초대하는 데 소용되는 구성의 산물이며, 이는 삶과 세상의 근원에 대한 의문을 마지못해 털어놓는 미숙한 조합이나 말장난과는 아무런 상관이 없다. 그의 시는 한참 동안을 삶의 이 골목 저 골목을 돌아 나와야만 비로소 거리를 유지할 수 있는 경험의 소산이자, 나이의 두께로 다소 부풀어 오른 체념의 시선에서 빚어진, 아니, 달관이라는 형식으로 삶을 포장하기 전에 한 번쯤 거주하기 마련인 크고 작은 체험들이 선사한 삶의 귀납적 선물이며, 경쾌하고 날렵한 어법으로 우리의 내부를 치고 들어온 놀람이다.

　*덧붙일 말이 있다. '큐브', '프리즘', '아, 아, 점점 더 벌어진다'는 내가 받은 정익진 시인의 시집 초고의 제목들이었다. 그러니까 시인은 이 셋 중에 하나를 제목으로 여기고 있었던 것이다. 나는 왜 그가, 이 세 가지 제목 사이에서 망설였을까, 곰곰이 생각해 보았다. 그러다, 나는 이 각각이 동시다발성, 꿈의 전이, 언어의 자의성을 상징한다는 결론을 내리게 되었다. 아마 나의 착각일 수도 있겠다. 그러나 제목의 후보군이었던 이 셋은 어떤 작위의 세계를 표현하는 데 더없이 훌륭한 모티브가 되고 있으며, 사실 그것으로 충분한 것이다.

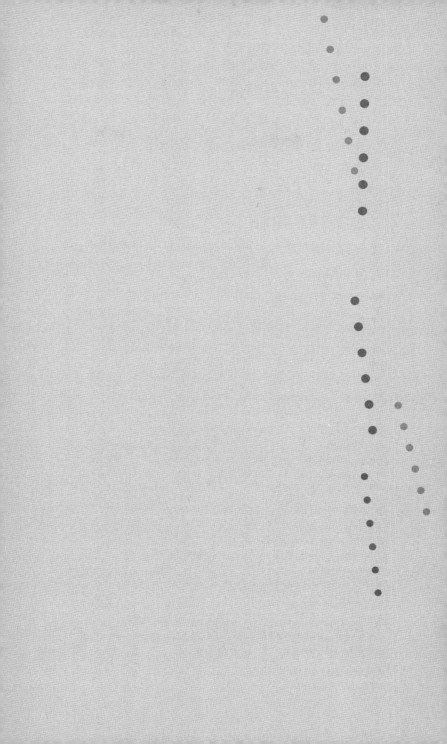

문예중앙시선 33

스캣

초판 1쇄 발행 | 2014년 6월 11일

지은이 | 정익진
발행인 | 노재현
편집장 | 박성근
책임편집 | 송승언
디자인 | 권오경
마케팅 | 김동현, 김용호, 이진규

인쇄 | 영신사

발행처 | 중앙북스(주)
등록 | 2007년 2월 13일 (제2-4561호)
주소 | (121-904) 서울시 마포구 상암산로 48-6 (상암동, DMCC빌딩 20층)
구입문의 | 1588-0950
홈페이지 | www.joongangbooks.co.kr / www.facebook.com/hellojbooks

ISBN 978-89-278-0553-3 03810